RATTRAPER L'HORIZON

"Domaine français"

DU MÊME AUTEUR

Romans traduits du persan (Afghanistan) :
UNE PETITE VIE, Éditions Intervalles, 2018.
LA MORT ET SON FRÈRE, Actes Sud, 2020.

ISBN 978-2-330-20838-7

KHOSRAW MANI

Rattraper l'horizon

roman

ACTES SUD

À l'ami perdu Yama Rahi
et à nos nuits kabouliotes,
perdues elles aussi.

PROLOGUE

Cette brise, il la reconnaît.

Le matin où, caché sous une bâche dans la benne du vieux camion de l'Ingénieur, il quitta définitivement le village, il se jura de ne plus jamais se souvenir de sa vie d'avant. Le camion démarra à grand-peine et, rejetant de la fumée noire, se mit lentement en route. Étendu sur des petits morceaux de charbon, le jeune homme ne pouvait voir ni son échoppe, ni la maison de son père, ni la mosquée, ni la route. Il fallait attendre encore quelques minutes pour que le gigantesque insecte gravisse la petite colline et que le village disparaisse. Après quoi il repoussa prudemment un bout de la bâche et huma l'air matinal : c'était la même brise. Je ne me souviendrai pas de toi non plus, lui dit-il, et il retira le prélart. Où allait-il ? À Kaboul, dans le vrai monde, avec pour seul bagage un sac où se trouvaient quelques guenilles dans lesquelles il avait dissimulé des liasses d'argent ainsi qu'un diadème, deux colliers princesse à grosses mailles, quatre bracelets, deux paires de chaînes de cheville, des boucles d'oreilles et un tas d'anneaux, de bagues et de chevalières, tous en or. Puis il y avait cette rareté que les villageois n'avaient l'honneur de voir que les jours de l'Aïd : le chapelet Chah Maqsoud du mollah aux grains vert brillant – une fortune, disait le maître du village, bombant le torse – qu'il avait hérité de son arrière-arrière-grand-père, caché au fond de la grande malle en tôle. Sa radio, il ne l'avait pas prise – l'appareil appartenait à une autre époque. Pareil pour le cadeau de l'Ingénieur, *Faire l'amour, mode d'emploi*, qu'il avait sciemment placé sur la caisse vide de son échoppe avant de sortir ; et pour sa calotte blanche, souvenir du mollah avec laquelle il s'était torché le derrière la veille, et qu'il avait ensuite jetée dans les latrines de la mosquée.

Il avait essayé de faire un somme car il n'avait pas dormi depuis que la femme l'avait quitté, mais le sommeil n'était pas venu. Et si je rate l'occasion, s'était-il inquiété, si l'Ingénieur part avant moi. Il n'allait sûrement pas attendre les premiers cocoricos, et encore moins la voix d'Akhtar le muezzin, les bruits du camion ou ceux de pas des passants – tout cela voudrait simplement dire que le retard était désormais irrattrapable ; il avait juste attendu la lumière zodiacale. Et, tandis que la nuit s'avançait, il s'était blotti sous les couvertures, tremblant de peur, craignant le retour du mollah, avait senti le tic à son œil, entendant un chien aboyer derrière la porte. Je n'ai plus rien, mon vieux, j'ai donné tout ce que j'avais à tes camarades. Il avait éteint sa lampe-tempête après avoir rangé les liasses de billets et les bijoux et jeté son pain et ses pommes de terre bouillies aux clebs. Plus d'appétit depuis le départ de la femme. Il avait pourtant soif, soif de partir avant que le monde ne s'éveille.

Encore quelques heures et il était enfin sorti, las d'attendre un sommeil qui ne daignait pas venir. Le sac à l'épaule, il s'était avancé à petits pas vers la maison de l'Ingénieur. Deux chiens l'avaient salué et, inquiets, s'étaient mis à le suivre. Veux-tu vraiment nous abandonner ? Qui va nous donner à manger, désormais ? Il n'avait dit mot et avait continué son chemin jusqu'au moment où il avait cru apercevoir au clair de lune le cimetière et, un peu plus loin, les arbres et ce serpent grisâtre qu'était la rivière asséchée. L'Ingénieur habitait non loin de là, vers la gauche, dans un logis reculé. Il s'était immobilisé avant de tourner, avait sorti de sa poche la clé de l'échoppe et, posant momentanément son sac par terre, l'avait lancée le plus loin possible. Adieu le passé. Et, pensant à la femme, à son voyage en ville, la veille, une heure après la prière du matin, en compagnie du mollah et de ses fils (il avait attendu de longues heures et puis, à midi, au moment où Akhtar, en l'absence de l'imam qui rentrait le lendemain, guidait la prière, il était entré dans la cour, s'était introduit dans la chambre, avait ouvert le cadenas de la malle en tôle et, contrairement à son plan initial, l'avait cassé pour simuler un vol, s'était ensuite emparé de l'argent et des bijoux, avait glissé la clé dans le gousset discret d'un *tunban* pendu à un clou, quitté la chambre, hésité un instant, que faire ?, abaissé finalement le loquet de la porte dérobée, placé l'échelle contre le mur, était monté, avait regardé la rue, pas un chat !, avait doucement repoussé l'échelle, sauté, gagné l'échoppe, clopin-clopant, caché son butin et, malgré la douleur à sa jambe gauche, s'était rendu à la mosquée sans que personne s'aperçoive de son retard), à l'avorteuse qui allait sauver sa bien-aimée, à lui-même, bientôt en route vers la capitale, il avait dit au revoir à Zaki et aux chiens et était monté non sans peine dans le véhicule garé devant la petite porte en bois. La bâche, pliée négligemment et laissée au beau milieu de la benne, lui avait fait peur. Il l'avait prise, l'avait dépliée sans bruit, avait avancé d'un pas, s'était assis et glissé sous le prélart qui sentait la poussière. Ne valait-il pas mieux s'allonger ? Il avait repoussé un coin de la bâche pour pouvoir respirer. Un petit bout de charbon sous son dos lui faisait mal. Mais si l'Ingénieur décidait de rester au village aujourd'hui, contrairement à ce qu'il lui avait dit la veille ? Il avait senti un autre morceau sous son épaule droite. Pourquoi avait-il opté pour un trajet clandestin en camion ? Pourquoi ne pas voyager à pied, la nuit, seul ? À cause des bandits qui guettaient derrière chaque pierre. L'Ingénieur lui en avait parlé peu de temps auparavant. C'est toujours comme ça après un changement politique majeur : on en profite pour piller et voler, et personne ne te demande pourquoi. Mais l'Ingénieur allait à la mine et lui en ville. La route était la même jusqu'à un certain point, puis elle bifurquait. Faudrait-il sauter du véhicule une fois arrivé à l'endroit où leurs chemins se séparaient ? Il se pouvait qu'il se blesse. Ou bien attendre que le camion arrive à la mine et que l'Ingénieur en sorte et s'en éloigne ? Il repousserait alors la bâche et descendrait doucement pour se rendre en ville à travers les champs. Soudain, il avait constaté que, bien que dehors, il ne grelottait plus depuis qu'il était sorti de l'échoppe. Ce qui voulait dire qu'il n'avait plus peur. Il avait entendu sur ces entrefaites un bruit et avait aussitôt dissimulé sa tête sous le prélart. La porte avait grincé et l'Ingénieur en était sorti, saluant l'aube d'une petite toux sèche. Et s'il venait voir si la bâche était toujours dans la benne ? C'est seulement quand l'homme avait ouvert la portière que, soulagé, il avait poussé un soupir. Puis le camion avait toussoté, deux fois, et, après avoir fait marche arrière, s'était mis en route.

Je m'approche du bord de la benne et je saute, se dit-il plusieurs fois, tandis que le véhicule traversait lentement les champs arides et que le jour poignait à l'horizon. La route, non goudronnée, ne risquait pas de le tuer, mais il se pouvait que le camionneur entende le bruit de son corps tombant par terre. Aurais-je l'occasion de courir et de me cacher derrière un rocher le temps qu'il s'arrête et descende pour voir ce qui se passe ? Pour cela, il fallait d'abord qu'il soit assis et puisse regarder à gauche et à droite pour repérer des blocs de pierre, et deuxièmement, que le saut ne le cloue pas au sol. Rien de plus inattendu que d'être vu par l'Ingénieur. Le pourquoi de son voyage, il pouvait le lui expliquer, mais sûrement pas le comment. L'homme lui pardonnerait son départ sans adieu puisqu'il en était à l'origine, mais qu'il lui pardonne le vol, la lâcheté et la traîtrise était chose impensable. Je ne vais pas sauter. Et il sentit que le véhicule tournait à gauche. Ils étaient donc au point où leurs chemins se séparaient. Le camion avança encore un peu et s'immobilisa subitement. Il s'en est rendu compte, se dit-il, et il commença à trembler quand il entendit le bruit de la portière et celui du corps du camionneur qui sauta à terre. Il va vérifier la benne et me trouver. Mais, à sa plus grande surprise, il s'aperçut que la petite toux sèche s'éloignait. Que se passait-il ? Il leva prudemment la tête : accroupi, l'Ingénieur pissait près d'un rocher de l'autre côté de la route.

C'est le moment ou jamais, pensa-t-il.

1

Le jour où la marâtre meurt de la tuberculose, il a quatorze ans. Maigre comme un clou, il ne cesse de grandir depuis quelque temps. Aucun échalas dans ma famille tout entière, fulmine le mollah, courtaud, de temps à autre, sans lui adresser la parole, ni mon père ni mon grand-père, et, rouge de colère, il jette le reste du thé refroidi qu'il a dans sa tasse contre le mur de la chambre avant de sortir. L'adolescent ne comprend pas pourquoi son père a changé. Il fait pourtant tout ce qu'un fils doit faire. Il s'occupe de sa belle-mère qui tousse jour et nuit, essaie d'aider ses demi-sœurs, Aïcha, Golsoum et Mariam, ses cadettes d'un, trois et cinq ans, chauffe l'eau pour que le mollah puisse faire ses ablutions, déneige les toits, fend des bûches à la hache, se rend à la mosquée aux heures de prières, participe aux funérailles des villageois, ne demande pas d'argent, de nouveaux vêtements, de nouvelles chaussures, ne s'aventure jamais au-delà de la petite forêt. Et pourtant le mollah lui en veut à mort depuis le jour où, il y a deux ans, après avoir châtié le muezzin dégingandé, le maître de la mosquée le vit debout parmi la foule, le traîna à la maison et le roua de coups devant les yeux de sa femme, atteinte tout récemment de tuberculose, et de ses petites filles apeurées. Le corps rouge et violet de blessures, l'adolescent passa une semaine dans son lit, sujet aux cauchemars et à l'effroi, avant d'ouvrir les yeux sur un monde nouveau.

Enfant, il jouait toute la journée dans la rue et ne rentrait que quand la faim ou la soif l'y obligeaient. Il avait sept ans ou peu s'en fallait, trop jeune pour faire la prière ou prendre des cours chez son père, qui n'était pas seulement l'imam du village, mais aussi le maître des études coraniques. Après être rentré de la mosquée le soir, le mollah, allongé, l'asseyait sur son gros ventre pour lui chatouiller les côtes. L'enfant mourait de rire mais le mollah n'arrêtait pas. Il lui empoignait le zizi. Fais-moi signe quand tu seras prêt à engrosser une nana. Je suis prêt, répondait gaiement l'enfant. Déjà ? s'étonnait l'imam. Tu n'as pas peur de devenir papa si tôt ? J'ai peur de rien, riait le gamin qui, deux heures plus tard, faisait un cauchemar et se réveillait en criant. Qu'est-ce que tu as ? lui demandait son père, le premier à se rendre dans la chambre qu'il partageait avec ses demi-sœurs. Y avait quelqu'un derrière la fenêtre, disait-il, frissonnant, et il se réfugiait dans les bras de l'homme. Y a personne là-bas, le rassurait le mollah d'une voix caressante. Mais si, insistait-il, je l'ai vu de mes propres yeux. Penses-tu qu'un sale voleur oserait mettre le pied dans la maison de ton père ? C'était un djinn, corrigeait-il. Et le père : les djinns sont de deux types, les fidèles et les infidèles. Un djinn fidèle n'embête jamais un croyant, et un djinn infidèle le craint. Maintenant, allonge-toi et n'y pense plus ; un garçon, ça ne pleure pas. Et s'il revient ?

demandait encore le garçon. S'il revient et que tu n'as pas peur, répondait le mollah, je te marierai avec la fille la plus belle du village voisin.

À peine quelques jours après le décès de sa première épouse lors de l'accouchement, le mollah avait envoyé un groupe de messagères au village d'à côté pour demander la main de la fille de son homologue. Six mois d'attente pour le veuf pendant lesquels Khâla, l'unique sage-femme de la région, mère d'un sixième enfant depuis un an, avait allaité son fils nouvellement né. Puis étaient venues la jeune mariée et, neuf mois plus tard, sa fille Aïcha, suivie de Golsoum et de Mariam. Ce qui avait mis le mollah en colère. Une femelle de plus et je te tuerai de mes propres mains. Après quoi la femme n'était plus tombée enceinte. Elle s'occupait de ses filles et, surtout, de son beau-fils, héritier de l'imam, qu'elle tapait ou pinçait quand le mollah n'était pas là. Je te donnerai une fessée si tu dis à ton père que je t'ai pincé. Il faut que tu le soignes comme la prunelle de tes yeux, lui ordonnait le mollah.

À dix ans, il est circoncis. C'est l'âge de porter une calotte (le mollah lui offre la sienne), d'aller à la mosquée, de commencer ses études coraniques, de jouer dehors avec les gamins quand il n'y a plus rien à faire. Mais, depuis un certain temps, le village n'est plus comme avant. Chaque jour, des bruits dans le ciel, et des guerriers dans la rue, sur la colline. Ce sont les gens du village, ou du village voisin, barbus comme le mollah qui les accueille dans la mosquée. Ils tirent en l'air, et les enfants se dispersent. Ce sont les moudjahidines qui tuent les communistes, dit la femme à Aïcha pour faire cesser ses pleurs. Les communistes, le gamin en a déjà vu quelques-uns ; il connaît leurs chars et leurs jeeps, et puis ce qu'on appelle un jet, qui s'approche et s'éloigne ; il connaît surtout le bruit que font les jets. J'ai flingué un porc, se félicite un moudjahidine le jour où, il y a trois ans, les villageois se sont amassés autour du cadavre d'un jeune soldat aux yeux bleus. Le tireur l'avait visé pendant que le Russe, une clope entre les lèvres, pissait debout sur la colline où il avait garé sa jeep. Ses camarades n'avaient pas hésité un instant avant de s'enfuir. Le communiste porte un casque vert kaki et des bottes, une cigarette tachée de sang sur sa poitrine. Qu'est-ce qu'on fait de la charogne ? demande le moudjahidine. Jetez-la dans une fosse derrière la colline, crie le mollah, crachant son *naswar**, qu'elle pourrisse comme un chien ! Et le village oublie la scène comme si elle n'avait jamais eu lieu, d'autant que, un jour, les Russes disparaissent, et que le soldat Ivan ou Dimitri ou Sergueï est le dernier militaire à être entré dans le village et – si ce n'est qu'on ne l'a pas enterré – à n'en être jamais sorti.

Il commence à apprendre un an plus tard, mais n'arrive pas à mémoriser les versets, contrairement à Akhtar, fils de veuve, qui a déjà appris par cœur une partie du livre sacré. Je vois que tu as la tête ailleurs, le réprimande le mollah le soir. Je t'avais dit de ne pas jouer avec cet idiot de Zaki, mais tu ne m'as pas écouté. Akhtar l'avait dénoncé, et le mollah l'avait cru. Il m'a supplié, dit-il à son père, personne ne joue avec lui. C'est parce que

* Les mots suivis d'un astérisque sont regroupés dans un glossaire en fin d'ouvrage.

Zaki l'orphelin est connu non seulement pour son zézaiement et sa démarche dandinante, mais aussi pour son gros cul, qu'Abdol et Nasro disent avoir doigté. Ils l'appellent *izak* qui veut dire pédé et rient. Ze vous encule, fils de pute. Zaki lâche la bonde à ses larmes et s'éloigne des gamins. Akhtar aussi, reprennent les petits fouille-merde, il se fait enculer par ton père. Et si tu continues comme ça, le menace son père, je te marierai avec la fille la plus laide du village voisin.

Il a douze ans le jour où sa belle-mère crache du sang. Elle n'est pas enceinte, annonce la sage-femme que le mollah a fait venir auprès de la malade. L'homme la congédie d'un signe lorsqu'elle lui propose d'aller voir un médecin. Il ne manquait plus que ça. La toux disparaît le lendemain pour revenir le mois d'après. Une maison sans femme est comme un poulailler sans poules, rugit le mollah quand son épouse se met à cracher de nouveau du sang. Cette fois, elle ne sortira du lit qu'une semaine plus tard. N'oublie pas de lui donner ses médicaments à midi, dit l'homme à son fils avant de franchir la porte dérobée qui conduit à la mosquée. Les médicaments, c'est un villageois qui les a apportés de la ville la plus proche. Le gamin va chercher de l'eau pour que la malade puisse avaler ses pilules amères. C'est Aïcha qui me les donnera, boude la femme. Il pose la cruche par terre et va répéter ses leçons.

Déjà un an et il n'a pu mémoriser que quelques sourates. Akhtar connaît désormais la moitié du Coran par cœur ; Nasro et Abdol ne prennent plus de cours ; Zaki est interdit de mosquée. Le mollah ne joue plus avec son fils quand il rentre le soir, ne vient plus le calmer lorsqu'il fait un cauchemar, ne le regarde plus quand il s'adresse à lui. Il m'en veut parce que je suis demeuré, pense le fils, et il s'en veut d'avoir terni l'honneur de son père qu'il aime tant. Il joue avec Zaki quand il voit qu'Akhtar n'est pas là ; ainsi, le mollah n'en saura rien. Zaki est beau et gentil. Mais pourquoi tu marches comme ça ? lui demande-t-il, imitant son dandinement. Il faut marcher comme un homme. Qu'est-ce que c'est que ce tic à l'œil ? rétorque Zaki en éludant la question. Quand z'allais à la mosquée, z'avais vu que le muezzin faisait comme toi. Je sais pas d'où ça vient, dit-il, se frottant les yeux, ça a commencé y a quelque temps. Il marche comme ça parce qu'il a un cul très large, ricanent Nasro et Abdol qui jouent aux billes. Akhtar les épie depuis la porte entrouverte de la mosquée pour tout rapporter à son maître plus tard dans la journée. Ce fils de pute, entend-il crier le mollah à minuit. Je l'ai observé aujourd'hui, il a fait exactement la même chose.

Pâle comme la mort, sa belle-mère balaie la cour, puise de l'eau, cuisine, coud un bouton au gilet de son époux, cherche des poux dans les cheveux de Golsoum et de Mariam, ramasse les œufs dans le poulailler, le tance de ne pas avoir nourri l'âne, allume la lampe à pétrole. Ils dînent en silence. Visage renfrogné, le mollah se rend de nouveau à la mosquée pour revenir une heure plus tard. C'est le moment de dormir, le couple dans sa chambre et les enfants dans la leur, l'une collée à l'autre. Ses sœurs commencent à ronfler dès qu'elles s'allongent. Il pense au front plissé de son père, et il se dit que c'est à cause de sa débilité et de sa paresse que le mollah est en colère, il faut que j'arrête de jouer dans la rue et que je suive l'exemple d'Akhtar. Quand les ronflements cessent quelques instants plus tard, il entend la femme chuchoter. Ce fils de pute, s'emporte tout à coup le mollah, je vais lui casser la gueule, je te jure ! Il sent le feu lui monter au visage lorsque, après un moment de silence, le couple se met à faire du bruit. J'ai vu ton père niquer la mère d'Akhtar, lui dit Abdol, comme ça, et il mime un mouvement de va-et-vient.

Ce fils de pute ! Le lendemain, le mollah, hurlant, accuse le muezzin de pratiquer la magie noire, d'où les malheurs qui s'abattent l'un après l'autre sur le village. Le maigrichon tremble comme une feuille ; il jure le ciel, se met à genoux, implore la clémence de l'imam et des paysans. Mais la foule est déjà montée sur ses grands chevaux. On le traîne dehors pour l'achever à coups de pierres. Jetez-le dans une fosse derrière la colline, crie le mollah, qu'il pourrisse comme un chien ! Et alors que, triomphant, il bombe le torse et s'apprête à rentrer pour dire à sa femme qu'il a occis le pécheur, il voit son fils debout parmi les spectateurs. Ce fils de pute !

Le corps rouge et violet de blessures, le fils passe une semaine dans son lit, sujet aux cauchemars et à la peur, avant d'ouvrir les yeux sur un monde nouveau. Le mollah ne lui permet plus d'assister aux cours coraniques, ne dit plus à son épouse de lui donner la viande la plus tendre lorsqu'ils dînent, ne mentionne plus la fille la plus belle ou la plus laide du village voisin, ne lui adresse plus la parole que pour l'insulter. L'adolescent ne comprend pas pourquoi son père le bat, ne sait pas pourquoi il ne l'aime plus. Et pourtant il taquine sa femme quand elle ne tousse pas, complimente ses filles lorsque, le matin, après qu'il est rentré de la mosquée, elles lui apportent du lait chaud et du pain frais, encense Akhtar, le génie enturbanné, devant les villageois. C'est parce que je ne suis pas aussi intelligent que lui. Il sort le matin pour jouer avec Zaki. Pourquoi tu as des bleus partout ? lui demande son camarade. Il s'est pris une raclée, dit Abdol qui jette des pierres à un chat. Et c'est un djinn qui l'a tabassé, ajoute Nasro, regarde l'empreinte de ses sabots sur son corps. Je suis tombé, répond-il, et il propose à Zaki – les deux autres vont les suivre, comme d'habitude – d'aller faire une promenade dans la petite forêt derrière le nouveau cimetière. Zaki est d'accord. Ils passent devant les maisons en pisé et une rangée d'arbres, regardent derrière eux pour voir si Akhtar les espionne, voient un vieux camion, le seul véhicule au village, garé devant une petite porte en bois. C'est là que l'Ingénieur habite. Il a baisé toutes les nanas de la capitale, dit Nasro, qui se vante d'avoir littéralement fait mordre la terre à un chiot qu'il a empétardé pas plus tard qu'hier. Et la capitale l'a baisé à son tour, s'empresse d'ajouter Abdol qui, lui, s'est contenté de regarder la bête traîner la patte, s'effondrer, et succomber à ses blessures. Ils traversent le cimetière, s'approchent d'une rivière pour boire de l'eau, se mouillent le visage, touchent les algues vertes et les cailloux scintillants, et s'émerveillent d'entendre tambouriner un oiseau quelque part. C'est un rossignol, dit Zaki. Il hoche la tête. Les rossignols chantent pas comme ça. Dans ce cas, c'est un canari. Tu dis n'importe quoi, gronde-t-il, et, ouvrant les bras, il se met à courir parmi les arbres. Zaki lui emboîte le pas, se dandinant. Ils capturent des libellules et des papillons, chantent à tue-tête, grimpent aux saules, aux pins, aux peupliers, s'allongent sous un cognassier sauvage, rêvent d'avoir un cerf-volant multicolore. Il faut que je rentre, dit-il à Zaki, ma belle-mère est malade.

Il n'oublie jamais de lui donner ses médicaments que, lorsqu'elle en est capable, elle refuse de prendre de sa main. Je ne veux pas qu'un bâtard s'occupe de moi. La malade a perdu la moitié de son poids, elle transpire, pue la mort, ne mange pas, ne boit pas. Désormais, c'est Aïcha qui balaie la cour, ramasse les œufs, puise de l'eau, cuisine, nourrit l'âne, coud un bouton au gilet de son père. Il peut lui donner un coup de main mais la fille ne veut pas de son aide. Va chercher des poux dans les cheveux de Golsoum, elle ne cesse de se gratter la tête. Je vais mourir, murmure la malade. Il ne manquait plus que ça, s'emporte le mollah. Et pendant que la mourante tousse à s'en étouffer et que, à sa vue, Mariam se met à pleurer, il sort sa tabatière, prend une pincée de *naswar*, et pense à voix haute à un nouveau mariage. Une maison sans femme est comme un poulailler sans poules. Aïcha quitte timidement la chambre, suivie de son demi-frère qui, dès qu'il entend son père parler d'une nouvelle femme, éprouve le même sentiment qu'il a quand il se frotte la verge contre le matelas la nuit. Prends-la dans ta main et fais comme ça, lui dit Abdol, et n'oublie pas le shampoing si tu veux jouir comme jamais. Je me suis branlé hier soir, se confie-t-il à son ami lors d'une promenade dans la forêt quelques jours plus tard, c'était trop bien. Ton père t'a pas vu ? lui demande

Zaki. Tu l'as vue quand elle était petite, dit le mollah à la sage-femme qu'il a fait venir pour l'envoyer cette fois-ci en ville à la tête d'un groupe de messagères. C'est la fille du bijoutier qui, avant, habitait au village.

Assis sur le dos d'un âne qui trottine, l'adolescent avance à travers champs de blé et rizières. Il tient une branche de saule qu'il utilise comme cravache ; son regard semble perdu dans le lointain ; une ridule précoce sillonne son front. Bien que parti du village depuis seulement une heure, il se sent déjà à bout de souffle, d'autant que les frottements continus de son corps contre la peau de l'animal lui font mal au niveau de l'entrejambe. Un long trajet à parcourir, pense-t-il, et il s'arrête près d'un arbre solitaire planté de l'autre côté du chemin de terre. Laissant le baudet brouter dans le pré, il s'assoit sous le peuplier et s'adosse à son tronc, face à la colline vert clair qui cache le village. Soudain, ses yeux s'emplissent de larmes.

Il y a trois jours, son ami le plus proche a été tué d'une balle dans le dos, et d'une autre dans les fesses, à cent mètres de chez lui. Alerté par les bruits, il est le premier à se ruer vers l'endroit où l'adolescent baigne dans son sang. Il le regarde, pétrifié. Les villageois s'amassent autour du corps sans vie de Zaki. Ouvre les yeux, ouvre les yeux. Mais Zaki ne les entend plus. Qui lui a tiré dessus ? demande une voix qui se noie aussitôt dans le brouhaha. On annonce la nouvelle à la mère du défunt, pauvre Nana Alia, qui pousse un cri et s'évanouit à l'entrée de sa maison ; on porte le mort à la mosquée pour le laver dans la petite salle d'eau, le mettre dans un cercueil, le ramener à son domicile, le transporter pour l'enterrer au fond du cimetière, à la lisière de la forêt. Il lui semble qu'un grand brouillard a enveloppé le village. Le mollah laisse au nouveau muezzin le soin de dire les prières funéraires et rentre chez lui. À l'enterrement, c'est Akhtar qui, à contrecœur, récite quelques versets, et de nouveau le muezzin qui, debout devant la foule accroupie, se met à prêcher, la main droite placée sur celle de gauche, au-dessous du nombril. C'est à Lui que nous appartenons et à Lui que nous retournerons, tous, sans exception, avec pour seul bagage deux mètres de linceul, et nos œuvres. Malheur à celui dont l'âme est noyée dans la dépravation et dont le corps est pourri. Bientôt il verra le brasier ardent qu'est l'enfer ; le feu lui montera jusqu'au cou ; de l'eau bouillante lui sera versée sur la tête, qui fera fondre ses entrailles, lesquelles sortiront par… Il entend Abdol chuchoter quelque chose à l'oreille de Nasro qui couvre aussitôt sa bouche de son écharpe pour dissimuler son rire. Y a-t-il de quoi se moquer ? se dit-il, serrant les poings. Et, pendant que le muezzin continue à parler des chaînes et des carcans, il se lève et s'éloigne. De retour à l'échoppe, l'adolescent ferme la porte et s'assoit dans le noir.

Peu de temps auparavant, ils avaient abattu et taillé deux arbres pour les mettre à la place des poutres de la baraque, infestées par les termites. Zaki avait couvert le toit et vérifié les murs. À quoi sert cette porte-là ? lui avait-il demandé. L'échoppe en avait deux, celle qui s'ouvrait sur la rue et celle, petite, située au fond de la baraque et fermée des deux côtés, qui conduisait à la cour. Au cas où je veuille me glisser dans la maison la nuit pour niquer la fille du bijoutier, avait-il répondu à Zaki.

Depuis que sa marâtre avait franchi le noir passage à la veille du premier jour du ramadan dernier, il avait tout raconté à son ami. Zaki ne pouvait en croire ses oreilles. Et moi qui te pensais heureux parce que ton père était vivant, avait-il dit. L'adolescent avait amèrement ri. Tu parles ! Regarde cette cicatrice, et ça, et ça, elles viennent d'où à ton avis ? Son ami commençait à comprendre. Il est dur avec toi, ton dab, avait murmuré l'orphelin. Attends, c'est pas tout, maintenant il veut se remarier.

Au quatrième jour de l'Aïd, le mollah s'était rendu en ville en compagnie d'un petit groupe de villageois pour emmener, à dos de cheval, la fille du bijoutier, sa nouvelle épouse âgée de dix-huit ans, chez lui. L'adolescent avait tremblé à la vue de sa belle-mère ; il s'était masturbé le soir même en songeant à ses dents blanches et à ses lèvres charnues, à l'odeur de son corps, celle du coing, lorsqu'elle traversait la cour ; elle va vivre avec nous, avait-il pensé en quittant les latrines, et il s'était aperçu qu'il était de nouveau en érection. Demain, j'en parlerai à Zaki.

Tu ne peux pas vivre sous le même toit qu'une femme qui n'est pas ta mère, lui avait pourtant dit son père quelques jours plus tard. Où est-ce qu'il voulait qu'il aille ? Où il voulait. Mais s'il comptait rester au village, il devrait travailler pour le mollah et lui rendre chaque fin de mois les profits qu'il en tirerait ; en échange, il pourrait s'installer dans la baraque jouxtant la cour après l'avoir rénovée. Vingt ans plus tôt, le mollah l'avait construite pour en faire une épicerie, mais il avait renoncé à son projet une fois devenu imam. Il lui prêterait de l'argent pour qu'il aille acheter des marchandises, il lui prêterait également son âne. La nuit, l'adolescent pourrait dormir dans la mosquée jusqu'à ce que l'échoppe soit prête et partager avec le nouveau muezzin les plats que les villageois envoyaient à ce dernier à tour de rôle.

Mais tu es son fils, s'était étonné Zaki le lendemain, alors qu'ils abattaient un arbre dans la forêt. Pourquoi il te fait ça ? Qu'est-ce que tu as fait de mal ? Attention, il tombe, avait-il crié, jetant la scie et tirant Zaki par la main. L'arbre s'était bruyamment abattu au sol et ils s'étaient mis à le tailler. Commençons par les feuilles. Zaki s'était occupé de la moitié du travail ; il l'avait aidé à transporter les poutres, couvrir le toit, vérifier les murs et les portes ; lui avait offert un cadenas, une caisse et une balance qui appartenaient à son père, marchand ambulant en hiver et fermier le reste du temps, mort depuis quatre ans ; lui avait apporté une assiette de *mâlida* et des œufs durs que Nana Alia leur avait envoyés. Tu sens bon, avait-il dit à Zaki deux jours plus tard, il faut que je me douche aussi, je suis content que la fille du bijoutier ne me voie pas dans cet état, je pue, le corps me gratte. Et, avant la tombée de la nuit, il était allé se doucher dans la pièce miteuse que le muezzin utilisait comme salle d'eau. Le mollah vient de me donner l'argent qu'il m'avait promis. Debout sur la petite terrasse devant l'échoppe, Zaki s'était mis à trépigner comme un enfant. Ze veux bien aller en ville avec toi. Doucement, lui avait-il intimé, il faut pas qu'on nous voie. Et il avait regardé à gauche et à droite et ouvert la porte. Entre. Tu m'as pas répondu l'autre zour, lui avait dit son ami avant qu'ils ne se mettent à faire une liste des choses à acheter en ville. Pourquoi le mollah t'en veut alors que tu as rien fait de mal ? Parce que j'ai baisé sa femme, avait-il répondu du tac au tac à l'enfant qui sentait bon. Et il avait sodomisé Zaki. Aucun des deux camarades ne comprenait pourtant comment ils en étaient arrivés là. Ze m'y plais, lui avait avoué l'ami désormais mort avant de baisser son pantalon bouffant. Ça puait, avait-il dit à son ami zézayant quelques minutes plus tard, essuyant le gland de sa verge avec un bout de tissu. Un manche de bêche, avait murmuré Zaki.

Il jette la branche de saule qu'il vient de casser dans un accès de colère. Si la maudite balle n'avait pas été tirée, Zaki serait à ses côtés maintenant, joyeux comme d'habitude, et gentil ; ils auraient pu marcher bras dessus bras dessous, se cacher dans des hautes herbes, s'allonger face au ciel, jouir de la vie. Mais Zaki est parti pour de bon, sans lui dire adieu ; ils ne voyageront jamais ensemble. Je te vengerai un jour, promis, juré ; je me vengerai de tes ennemis. Il enfourche l'animal et, le cœur lourd, reprend son chemin. La solitude lui fait peur. Comment se défendrait-il si un bandit surgissait de nulle part ? Une partie de l'argent que le mollah lui a donné se trouve dans la poche de son gilet brun, les petites coupures dans le bât de l'âne, sous la corde et le sac en jute. Il a mis un canif dans la poche de sa *kurta* avant de quitter le village. Je dois être fort, je dois être fort, je dois être fort. Mais l'angoisse ne cesse de monter en lui à mesure qu'il approche de la ville. Comment faut-il s'adresser aux marchands ? Où peut-il manger ? Comment rentrer ? L'image de la fille du bijoutier lui traverse l'esprit. La femme a grandi en ville, se dit-il, sentant soudain son pénis se dresser, c'est pourquoi elle a les dents si blanches. Et, oubliant son inquiétude, il se souvient à nouveau de Zaki, de la douche qu'il avait prise avant de le sodomiser, et de ce moment délicieux qu'il avait passé dans la petite salle d'eau en pensant à sa belle-mère. Un péché, certes, mais personne ne le saura jamais. Du reste, qui ne se masturbe pas au village ? Je préfère me branler plutôt que d'enculer un petit merdeux, lui avait fièrement dit Abdol au lendemain de la mort de Zaki. Nasro avait formé un cercle avec son pouce et son index avant de lui demander : T'étais devenu ami avec le pédé parce que tu voulais l'empaffer, pas vrai ? Et s'il connaissait le mâle qui l'a envoyé en enfer…, avait ri Abdol.

Il arrive à une bifurcation mais ne tourne pas. À sa gauche, des troupeaux de moutons et, à sa droite, l'épave d'un char de combat dont le canon vise l'horizon. Au loin, il voit quelques taudis avec des toits en forme de dôme. La ville doit venir juste après les maisons, se dit-il, et il sent l'angoisse reparaître. Zaki se serait sûrement moqué de moi s'il m'avait vu dans cet état. Mais le petit bonhomme n'est plus là pour le railler. Quelle est la première chose à faire quand on met les pieds dans une ville ? se demande-t-il. Comment trouver les magasins ? Que faire de sa monture ? Où se restaurer ? Tant de questions et si peu de réponses. Et si la ville ressemblait au village… Soudain, l'âne se démène comme un possédé.

Qu'est-ce qui te prend ? braille l'adolescent avant de perdre l'équilibre et de tomber. Il se relève mais n'a pas le temps de rosser le baudet. C'est un chien de troupeau qui a fait peur à l'animal ; le chien court vers lui, et un grand escogriffe court après le chien, hurlant. Faut-il fuir ? Il se penche pour ramasser un éclat de pierre, et encore un, et se redresse. Qu'est-ce que tu attends, là ? crie le berger qui a réussi à arrêter le gros clébard. Tu vois pas que c'est un loup ? L'adolescent donne un coup sec sur le flanc de l'âne qui vient de se calmer et s'éloigne.

Derrière les taudis, la ville. Bientôt apparaissent une rangée de commerces, boulangeries, bijouteries, brocantes, épiceries, merceries ; des ateliers, garages, forges, tailleries, menuiseries ; de petites maisons en pisé, deux auberges, une mosquée. La route, poussiéreuse, est noire de monde ; les charretiers crient pour que s'écartent les gens et les animaux ; klaxonnant, un automobiliste tente de se frayer un passage ; un muezzin, vieux d'après sa voix, fait l'appel à la prière. L'espace d'un instant, il a l'impression de devenir sourd ; les gens sont toujours là mais il n'entend aucun bruit. Quelqu'un le pousse tout à coup. Qu'est-ce que tu attends là, fils d'Adam ? Il retrouve l'ouïe et descend de son âne pour pouvoir avancer. Bien que la peur l'ait quitté, il a l'impression d'avoir un poids sur la poitrine. Encore quelques pas et une odeur inconnue parvient jusqu'à son nez. Il regarde autour de lui. Il y a un restaurant de l'autre côté de la rue ; debout devant son gril, un homme corpulent évente les brochettes de mouton. La vue de la viande le rend fou, son odeur lui tourne la tête. Il hésite entre passer son chemin et s'arrêter, mais la faim est plus forte que lui, et la tentation aussi.

Un bout de pain est tout ce que j'ai mangé depuis ce matin, se souvient-il, et, prenant son courage à deux mains, il traverse la rue, attache l'animal à un arbre nu avec la corde qu'il avait emportée, prend le bât et s'approche du restaurant, sans penser au mollah auquel appartient l'argent.

— Dégage, lui lance le ventru, j'en ai marre des mendigots.

— Je suis pas mendigot, répond-il, contrarié.

— Tu es voleur, alors.

L'adolescent rougit jusqu'aux oreilles. C'est donc ça, la ville. Il se tourne vers l'arbre pour montrer le baudet à l'homme. Quoique jeune, il possède un âne et n'a pas besoin de voler. Mais il n'a pas plus tôt ouvert la bouche que le grillardin s'engage dans une discussion avec le commerçant voisin. Faut-il attendre qu'il termine ? Il serre les lèvres et entre.

À sa gauche, une estrade sur laquelle se trouvent une vingtaine de personnes, assises autour de petites nappes en plastique ; à sa droite, un escalier qui mène à l'étage. Un serveur, de son âge mais de petite taille, vient au-devant de lui, une serviette crasseuse sur l'épaule.

— Qu'est-ce que tu veux ?

— Je veux manger.

— Pour ça, il faut douiller, dit le serveur frottant le pouce contre son majeur.

Encore un qui le prend pour un mendiant. Mais cette fois-ci il sait comment impressionner son interlocuteur : il s'avance d'un pas, entrouvre son gilet et, se penchant légèrement, lui montre le bout d'une liasse de billets. Les petits yeux du garçon étincellent.

Il monte l'escalier mal éclairé, franchit, tête baissée, une porte brinquebalante, et entre dans une grande pièce lumineuse : une table sur laquelle se trouve une drôle de boîte et, un peu plus loin, une estrade, longue et rectangulaire. Le serveur, qui l'a suivi, le conduit vers une fenêtre donnant sur le marché.

— T'as de la chance, sourit-il, y aura pas de place après les prières. Qu'est-ce que je te sers ?

Il commande un kebab, une nouveauté, et, plaçant le bât devant lui, regarde la rue depuis la fenêtre : le baudet est en train de renifler l'écorce de l'arbre ; la voiture de tout à l'heure passe devant le restaurant et disparaît dans un nuage de poussière ; un charretier charge les marchandises dans son tombereau, un autre décharge sa charrette ; un peu plus loin, des gens entrent dans la mosquée. La ville et ses bruits, se dit-il et, surpris, il entend une voix masculine s'élever, suivie de la musique, qui vient de la boîte ocre posée sur la petite table à l'entrée. Une voix féminine s'ajoute à celle de l'homme. Il tend l'oreille, incrédule. C'est la première fois qu'il constate qu'un homme et une femme peuvent chanter ensemble, contrairement au village où, pendant les cérémonies de mariage, les femmes jouent du *daïra* entre elles, alors que les hommes causent de la pluie et du beau temps dans des pièces séparées. Il entend l'homme avouer son amour à la femme, mais la femme ne le croira plus jamais. Une joute, un bras de fer. Ils échangent des vers et la musique les accompagne, tantôt pressante, tantôt plaintive.

— Tu les connais pas ? s'étonne le serveur quand il lui demande qui ils sont. C'est Bangicha et Aisha. Le gars, on lui a tordu le cou. La mégère est vivante, mais personne ne sait où.

La bonne femme a donc battu le pauvre amant au bras de fer. Il se sert du pain rond qui vient de sortir du four et attaque les brochettes de mouton. Mais la viande n'a aucun goût. L'histoire du chanteur a ravivé en lui le souvenir de son ami. Un seul et même assassin, se dit-il, et il se rappelle ce que sa belle-mère racontait il y a des années à sa demi-sœur Aïcha pendant que les moudjahidines tiraient sur les communistes. La marâtre et les communistes sont partis depuis, mais les moudjahidines tirent toujours, maintenant sur Bangicha et sur Zaki.

Il pense encore à Zaki quand, au retour, il arrive au niveau du peuplier solitaire. Le baudet têtu est à bout de forces : il regimbe, refuse de boire ou de brouter. Sans se donner la peine de décharger l'animal, l'adolescent s'approche de nouveau de l'arbre pour se reposer quelques minutes. Bien qu'il ait les paupières lourdes, il ne dormira pas avant d'arriver au village, caché derrière la colline maintenant vert sombre. Il faudra que j'aille au cimetière demain matin pour le saluer. Et qui va dire bonjour au soldat aux yeux bleus dont le cadavre gît depuis si longtemps dans une fosse derrière la colline ? Un seul et même assassin, répète-t-il, et il se souvient de la jeep qu'il avait vue depuis la fenêtre alors qu'il mangeait au restaurant. Fusil à l'épaule, cinq moudjahidines en étaient sortis pour monter bruyamment à l'étage. Ils se goinfrent mais paient jamais, lui avait chuchoté le serveur à l'oreille avant d'aller prendre les commandes. Je suis fauché, mes frères, avait supplié, une demi-heure plus tard, un marchand face à deux autres moudjahidines qui lui demandaient de l'argent. Dans ce cas, on prend ça et ça et ça. Et, sous les yeux du vendeur et de son jeune client, ils étaient sortis avec des pots de miel. Je prends ça et ça et ça, avait dit l'adolescent au commerçant qui pleurait de colère parce qu'on lui avait volé son bien en plein jour, et il avait payé avant d'aller faire le tour du marché pour acheter poids pour balance, cadenas, bougies, batteries, allumettes, *meswak**, bouteilles d'huile et de pétrole, sucre, sel, levure, terre à foulon, savons, shampoings, brosses à dents, dentifrices, indigo, bonbons, biscuits, chocolats, chewing-gums, chips, haricots rouges, fruits secs, jus de pommes, pois chiches grillés, billes, lance-pierres, médicaments pour maux de tête, de dents, de gorge et d'estomac, tabac à priser, cigarettes. Qu'il avait ensuite chargés sur le baudet, et il avait repris sa route, après s'être momentanément arrêté devant la vitrine d'une bijouterie. Cette nuit, je vais encore une fois niquer ta fille.

Un braiment le tire du sommeil. Il bondit et, malgré la sensation de brûlure au niveau de l'aine et des cuisses, court vers l'endroit d'où vient le cri. L'animal tient à peine debout. Il enlève les poids pour balance, les bouteilles d'huile et de pétrole, et les sachets de terre à foulon pour les placer dans son sac en jute. L'âne arrête aussitôt de braire. Combien de temps ai-je roupillé ? se demande-t-il. Et il lève les yeux vers le ciel. Une demi-heure ou peu s'en faut. Mais le soleil décline déjà. Il pousse le baudet devant lui et, maudissant le contretemps, presse le pas. Bien que la colline semble proche, il sait d'expérience qu'il lui reste encore un long trajet à parcourir. Et si le chien de berger revient ? ou les djinns qui peuplent la nuit des rizières ? ou encore les tireurs barbus devenus bandits ? C'est un moudjahidine qui a envoyé ton ami en enfer parce qu'il était pécheur, lui avait dit Abdol dont l'haleine sentait le caca.

Nasro avait formé un cercle avec son pouce et son index avant de lâcher : Après l'avoir empaffé, bien sûr. Et, sans tenir compte de son chagrin, ils étaient tous deux partis d'un grand éclat de rire. Un seul et même assassin, pense l'adolescent, et le deuil de la nature embue ses yeux.

Le jeune homme approche sa cigarette de la petite bougie posée sur la caisse et aspire de tout son corps ; le bout de la clope rougeoie ; il expire la fumée et soupire. Encore une longue nuit sans sommeil, suivie d'une journée monotone. Depuis bientôt six ans, sa vie se résume à peu de choses. Chaque jour, il se lève à cinq heures du matin pour se rendre à la mosquée, faire ses ablutions, dire ses prières, rencontrer les villageois ; puis il rentre, rouvre sa boutique, attend les premiers clients dont le nombre ne cesse de baisser jour après jour. Il fait chauffer l'eau dans une casserole rouillée qu'il place sur le réchaud, y jette une pincée de thé, sans oser ajouter du sucre, cher comme le poivre, prend un bout de pain, le trempe dans sa tasse, s'assoit derrière la caisse et regarde la rue. Jamais le printemps n'avait été si âpre, si pâle. Depuis que les plantes ne poussent plus et que les sources se tarissent l'une après l'autre, on ne sait plus quoi faire au village. Hier est mort le cheval d'un villageois, demain mourra sans doute le vieil âne du mollah. Il y a à peine un mois, un voisin lui a raconté comment ses poules avaient décidé un jour de ne plus pondre. Un autre lui a dit que sa vache avait tellement maigri qu'elle ressemblait plutôt à un bouc. Certains se précipitent en ville pour y trouver du boulot, fût-il on ne peut plus pourri, avant de rentrer quelques jours plus tard, las et désappointés. Le mollah organise des prières collectives pour que le ciel manifeste de la clémence et que la pluie tombe. Espoir vain, peine perdue. On ne parle que des péchés impardonnables : voici déjà plus d'un an, une femme sans voile est sortie de l'une des maisons du village ; un adolescent n'a pas fait le ramadan ; un mourant a manqué ses prières du soir ; une pensée blasphématoire est venue à l'esprit d'un paysan. On cherche un bouc émissaire ; des doigts pointent untel et untel ; des rumeurs montent. On châtie certains, on en menace d'autres. Mais la pluie ne tombe toujours pas.

À huit heures arrive le premier villageois, le fermier Nasro. Il le salue froidement, comme si c'était le jeune homme qui l'avait forcé à venir lui rendre visite, parcourt l'échoppe d'un regard méfiant, s'assoit dans un coin de la terrasse, à l'ombre. Bientôt il va ouvrir la bouche pour redire tout ce que son interlocuteur sait déjà, tout ce qu'il lui a déjà raconté hier et avant-hier. Le jeune homme l'entend mais ne l'écoute pas. Et tandis que Nasro rabâche ses phrases, il s'attend à l'arrivée du fermier Abdol et des autres. Malgré la chaleur et la sécheresse, il fait beau le matin sur la petite terrasse de la boutique où le soleil ne darde pas encore.

— C'est rien, ça, lâche Nasro, je me souviens d'un temps où la sécheresse a duré sept ans.

— Vrai, affirme Abdol dont l'haleine sent le caca. On a prié toute la nuit pour la pluie… et quoi ? Le lendemain, il a plu des cailloux.

— C'est parce qu'y avait des Russes partout.

— Partout.

— Et tu sais, dit Nasro au jeune homme comme s'il s'adressait à un nouveau venu, le jour où on en a tué un sur la colline, la pluie s'est tout à coup mise à tomber.

Le Russe, le jeune homme s'en souvient ; mais qu'il y ait eu une sécheresse d'une telle ampleur cette année-là, ou qu'il ait plu des cailloux, ce n'est que pure invention.

— Mais voyons, s'impatiente un villageois, là, y a plus de Russes, et il pleut toujours pas.

— C'est parce que de nos jours les gens vivent dans le péché, rétorque Abdol.

— Et où ça ? demande un autre.

— Mais partout, bon sang.

— En plus, ils se repentent jamais comme il faut.

— Jamais, affirme Nasro.

— Et c'est pourquoi je crois qu'on va bientôt finir par manger de la merde, dit Abdol.

Sa phrase favorite, par laquelle il aime toujours conclure la discussion. Un ange passe sur ces entrefaites et le jeune homme pense à ce que pourrait devenir son commerce si ça continuait comme ça. À quand remonte son dernier voyage en ville ? À bientôt deux mois mais, vu qu'il n'a pas vendu grand-chose depuis, il se peut qu'il n'y retourne même plus. Probabilité qui le fait frémir. Que pourrait-il faire si le mollah décidait de fermer une boutique qui ne sert à rien ? Où irait-il ? En ville, se dit-il souvent. Mais il sait que sans le sou on ne lui ouvrira même pas la porte de l'auberge la plus pourrie qui soit. Et le sou, il ne l'a pas. Pour la simple raison que, malgré les années qu'il a mises à la transformer en son foyer, l'échoppe ne lui appartient toujours pas. Il n'aura donc plus rien à manger le jour où personne n'aura plus de riz ou de légumes à lui donner en échange du sucre ou de l'huile, le jour où il n'aura plus d'argent pour s'acheter du pain frais auprès des villageois qui n'en auront pas, eux non plus. Et voilà qu'il regrette l'année la plus terrible de sa vie, l'année de la mort de son ami et de sa solitude soudaine. Pendant un an et demi, feue Nana Alia, épouse en deuil de son mari et mère en deuil de son fils, héritière d'un *djerib* de terre, lui avait donné à manger, avait lavé son linge, l'avait entendu parler du temps qu'il avait passé avec Zaki dont des inconnus ne cessaient de profaner la tombe. Il lui rappelait son enfant mort, son tic à l'œil la faisait se souvenir des anomalies – des particularités, disait-elle – de la prunelle de ses yeux. Puis, un jour, une simple fièvre, accompagnée d'une bouffée délirante, l'avait terrassée. Khâla, la sage-femme, lavait son linge depuis, lui racontait comment sa mère avait rendu l'âme pendant qu'il venait au monde, le réconfortait lorsqu'elle le voyait souffrir, médisait du mollah ; mais, maman de dix enfants, l'accoucheuse ne pouvait pas le nourrir, elle qui peinait déjà à nourrir ses propres rejetons ; elle lui avait pourtant donné son ancien réchaud à pétrole, qui faisait partie de sa dot. Si seulement j'avais suivi les cours coraniques comme Akhtar, pense-t-il de temps à autre, jalousant le nouveau muezzin pour son ventre plein et sa vie calme. Sa vie à lui est celle d'un épicier sans avenir. Et si les gens viennent lui rendre visite chaque matin, ce n'est qu'une manière de tuer l'ennui que cause le fait de rester à la maison et supporter le chahut des enfants et les ronchonnements des femmes. Où étaient sinon Nasro et Abdol toutes ces années ? Fils de paysans, ils étaient partis travailler aux champs peu après la mort de Zaki. Et maintenant qu'ils sont de retour, ils viennent l'assommer de leur bavardage jusqu'au moment où le soleil, sans merci à partir de dix heures, change de position. Alors voici une terrasse brûlante ! Et voici la bande qui se sauve à qui mieux mieux ! Le jeune homme ferme le vantail gauche de la porte pour se mettre à l'abri. Il faut tenir le coup et braver la chaleur ; il faut surtout résister à la tentation de fermer l'échoppe, même si personne ne vient acheter quoi que ce soit. Suer à grosses gouttes et attendre. Ou encore aller à la mosquée où se rassemble à chaque heure de prière le village tout entier. Il rentre et rouvre la boutique, laissant les deux vantaux béants cette fois-ci vu que, avec le temps qui passe, le soleil se retire petit à petit. Ça va recommencer, se dit-il, et il voit aussitôt l'ombre de Nasro qui se traîne vers la baraque. Bientôt les autres suivront.

— Chienne de chaleur, il y a à peine deux heures elle a failli me suffoquer, souffle un vieillard.

— Et quand on pense que c'est encore le printemps, dit Nasro.

— J'ai sué comme un bœuf toute la journée, reprend le vieil homme.

— Qu'est-ce qu'on va faire en été ?

— Et pourtant, je m'étais couché au sous-sol…

— Ça sera l'enfer…

— À même le sol…

— L'enfer sur terre, confirme Abdol.

— Je ferme les yeux mais la chaleur me poursuit jusque dans mes rêves…

— Surtout quand on a rien à manger ou à boire, continue Nasro sans prêter attention aux plaintes du vieillard.

— Puis je me réveille, baigné de sueur, et j'ai l'impression de manquer d'air…

— On finira par manger…

— Toi oui, s'insurge un villageois, moi, je préfère mourir de faim que de manger de la merde.

Le vieil homme hausse le ton :

— Manquer d'air, vous vous rendez compte ?

Abdol sort sa tabatière de sa poche, l'ouvre soigneusement, prend une pincée de la poudre verte, la dépose d'abord dans sa paume et puis sous sa langue, referme la boîte, se regarde dans son petit miroir, et lâche :

— On verra bien qui mangera quoi.

Des voix fusent. Et, pendant que tout un chacun tente de se faire entendre, le jeune homme souhaite qu'Akhtar, bien qu'il déteste sa façon de prononcer les mots, sèche, emphatique, du fond de la gorge, se place derrière le haut-parleur rouillé et fasse l'appel à la prière. Voilà comment on disperse une foule, fût-elle la plus bruyante du monde. Il referme la boutique et se rend, bon gré mal gré, encore une fois à la mosquée. Il se courbe, s'agenouille, se prosterne, se redresse pour se courber, s'agenouiller, se prosterner de nouveau. Le ciel s'est déjà assombri lorsque les gens ressortent. Encore quelques minutes et puis soudain la rue est déserte ; le village somnole. Deux heures plus tard, alors qu'il finit de manger les œufs qu'il a fait bouillir dans la casserole, le village se précipite une dernière fois vers la mosquée. Au retour, il s'endormira pour de bon.

Le jeune homme se tourne et se retourne dans son lit, il transpire, songe à demain, pense au présent, s'inquiète de l'avenir, se souvient du passé. L'avenir, c'est un chemin poussiéreux et des champs à n'en plus finir, écrasés sous un soleil cruel ; le passé, une femme dont il n'oublie jamais les dents blanches, les lèvres charnues, l'odeur enivrante. La femme le fuit pour qu'il la poursuive et la perde, pour qu'il se perde en la poursuivant. Il ne se retrouvera que quand les gémissements des chiens faméliques le réveilleront, au cœur de la nuit.

Assis sur son lit, il fume dans la noirceur de l'échoppe. Les pensées vagabondes le harcèlent comme d'habitude. Encore un jour qui vient de passer sans qu'il ait plu ; et encore une nuit interminable suivie d'une journée morne et monotone. Accro à la solitude, il est dérangé par la présence des autres, qu'ils rabâchent sans cesse ce qu'ils lui ont mille fois raconté, la sécheresse et les catastrophes à venir, la malédiction et la fin du monde. Bientôt sortira de terre le Dajjal, petit mais ventripotent, borgne de l'œil droit, face rubiconde, front large et cheveux broussailleux. Nombreux seront ceux qui lui emboîteront le pas, les damnés, les adeptes aveugles du messie trompeur. Ils terroriseront le monde, sèmeront la zizanie entre pères et fils, construiront une tour sur terre pour attaquer Dieu au ciel. Quarante jours de tyrannie, ou quarante ans, jusqu'à ce qu'arrive Isa fils de Mariam pour éliminer le borgne dont les chiens mangeront le cadavre. Mais qui sait s'il n'est pas déjà là, le *yak tchachma** ? se demande le jeune homme, tout bas, de peur que les soldats talibans, successeurs depuis quelque temps des moudjahidines, ne l'entendent, eux dont le chef est, murmure-t-on, borgne, et qu'ils l'attaquent bille en tête comme le Dajjal attaquera Dieu, et qu'ils le tuent comme Dieu tuera le Dajjal. Il lui est impossible d'oublier le visage livide du jeune voleur venu du village voisin. Les soldats l'interpellèrent au moment du vol, le pendirent une heure plus tard. Maigre comme un clou, les yeux exorbités, le corps couvert de blessures, un filet de bave figé sur ses lèvres et une grosse tache jaunâtre le long de la jambe droite de son pantalon bouffant, le voleur contempla sans ciller l'étrange monde qu'il venait de quitter une semaine durant. La semaine d'après, alors qu'un groupe de villageois jetait son cadavre putréfié dans une fosse derrière la colline, les soldats, fusil à l'épaule, vinrent s'installer sur la terrasse de l'échoppe. Leur offrir du thé, du sucre, des paquets de *naswar* ; les écouter tandis que, du tabac sous la langue, ils se targuaient des miracles qu'ils avaient accomplis ; se taire et ne penser à rien. C'est seulement quand ils partirent, sans avoir payé, une demi-heure plus tard, que le jeune homme, furieux, pensa à quitter le village. Je pars et n'y reviens jamais. Mais sa pensée ne se matérialisa pas ; et, avec le temps qui passa, et la sécheresse qui fit rage, poussant les villageois vers les villes, qui les repoussaient vers la campagne, il se dit qu'il avait bien fait de rester où il se trouvait, au village, dans son échoppe, sur son lit.

Au moment où il éteint sa cigarette et s'allonge, une petite porte en bois, celle d'une maison reculée, s'ouvre à quelque cinq cents mètres de là, d'où sort un homme de taille moyenne. L'homme tourne à gauche, à droite, à gauche, continue à marcher, lestement mais sans laisser derrière lui le moindre bruit de pas, passe devant un chien errant qui, à sa vue, se met à courir vers le cimetière, passe également devant une dizaine de souches, quelques maisons, la mosquée, la maison du mollah, et s'immobilise. Il monte sur la petite terrasse et frappe doucement à la porte.

Qui est-ce ?

L'Ingénieur. Veuf depuis longtemps, le bonhomme ne s'est jamais remarié. Il travaille dans une mine de charbon et possède un camion. On l'appelle l'Ingénieur parce que, il y a plus de vingt ans, il est allé étudier à Kaboul malgré les protestations des villageois et grâce au soutien, discret, de son père. Une ombre, un fantôme, un djinn à craindre. Des rumeurs courent sur son compte mais l'Ingénieur n'en a cure. Avant la sécheresse, il ne sortait de chez lui que la nuit quand il était au village, n'assistait pas aux prières, ne s'entretenait pas avec les voisins. À l'aube du premier jour de la semaine, le jeune homme le voyait depuis la terrasse de son échoppe s'éloigner dans son camion. Le véhicule repassait devant la boutique cinq jours plus tard, le soir. Et, à minuit la nuit suivante, l'Ingénieur apparaissait derrière la porte. Un paquet de cigarettes, toujours. Leur conversation durait à peine cinq minutes, mais elle annonçait déjà le début d'une conspiration nocturne. Je savais que tu ne dormais pas. C'est parce que je n'y arrive pas. Et qu'est-ce que tu fais quand tu ne peux pas dormir ? Rien, je me tourne et me retourne dans mon lit. C'est pas bien ça, il faut trouver un passe-temps. Et, sur ce, bonne nuit.

L'inclémence du temps a cependant tout bouleversé. Il y a peu, de retour du cimetière, le jeune homme est passé devant le vieux camion de l'Ingénieur garé le long d'un trottoir ; le même jour, un mercredi, il a vu l'ouvrier entrer dans la mosquée et se tenir debout au dernier rang, la tête baissée et le visage amer. Lui aussi a sûrement perdu son travail, a-t-il pensé, il est désormais obligé de se pointer à la mosquée à chaque heure de prière.

Il allume sa lampe torche et ouvre la porte, à demi. Un paquet de cigarettes comme d'habitude, se dit-il, mais il voit que l'homme a déjà une clope entre les doigts.

— Je savais que tu ne dormais pas, murmure l'Ingénieur.

— Je m'étais seulement allongé.

— Ça fait deux nuits que je viens jusqu'ici et que je fais demi-tour, sans frapper.

— Pourquoi ?

— Parce que ce n'était pas pour acheter des cigarettes que je venais. Je voulais seulement te parler.

Son ton si inhabituellement familier le surprend, sa franchise, sa capacité à exprimer un désir.

— Heureusement que le soir il fait moins chaud, reprend-il.

— J'aimerais me coucher sur la terrasse, dit le jeune homme, mais y a tellement de moustiques.

— Et de chiens. En voilà un !

— Les chiens, ce sont mes amis.

— Comment ça ?

— Je leur donne à manger de temps en temps.

— Je peux entrer ? demande soudain l'homme, regardant à gauche et à droite. Je ne veux pas qu'on nous voie.

Il s'assoit sur le matelas de sol, en face de lui. Une bougie, posée sur la caisse, éclaire faiblement l'intérieur de l'échoppe où règnent le silence et l'embarras. Depuis que Zaki est parti, l'Ingénieur est la seule personne étrangère à avoir mis le pied dans la baraque. Un bon début, certes, mais le jeune homme ne se sent pas rassuré, bien qu'il ait souvent souhaité que leurs conspirations nocturnes se transforment en amitié.

— Tu es toujours seul, ici ?

Il opine de la tête. Seul, depuis six ans. Le village tout entier est au parfum de sa vie solitaire, qu'il dit avoir sciemment choisie, et à laquelle le mollah dit l'avoir contraint parce qu'il ne pouvait pas vivre sous le même toit qu'une jeune femme, fût-elle sa belle-mère. Mais la solitude ne le gêne pas le moins du monde car il en a l'habitude.

— C'est un couteau à double tranchant, la solitude, dit l'Ingénieur, elle sauve celui qui n'aime pas les gens, tue celui qui en est amoureux.

— J'aime personne.

— J'ai toujours été seul, poursuit l'homme d'un ton mélancolique, ou presque. Il y a des années je me suis fait des amis en ville, mais on a perdu le contact depuis que je suis rentré. Puis je me suis marié. Je voulais avoir des enfants, comme tout le monde. Mais mon mariage n'a pas duré longtemps. Pour ne pas mourir de chagrin, et surtout d'ennui, je suis allé travailler à la mine.

— C'est pourquoi on vous voit si peu au village.

— Je n'aime ni la ville ni le village. J'ai longtemps cherché le juste milieu, un endroit entre les deux, et j'ai choisi la mine.

Depuis, la mine est devenue son véritable chez-lui. Il s'occupe du transport du charbon, dort sur place lorsqu'il fait beau, se couche sous une tente quand il fait froid, se réfugie dans son camion lorsqu'il neige ou qu'il pleut. Il ne rentre au village qu'une fois par semaine, tous les jeudis soir, et y passe le week-end. Le samedi, à l'aube, il monte dans son véhicule et repart.

— Mais là, avec la sécheresse et tout ça, c'est fini me semble-t-il.

L'a-t-on mis à la porte ? Non, mais il travaille moins qu'avant. Le marché est en baisse faute d'argent, les salaires sont trop bas, les licenciements fréquents. On ne travaille que trois jours par semaine, le samedi, le dimanche et le lundi.

— Comme il faut transporter le charbon, je bosse le mardi aussi. Puis je rentre, tard le soir. Et chaque fois que je passe devant ton échoppe, je crains que le bruit du camion ne te réveille.

Le jeune homme dit qu'il a l'habitude d'être sur le qui-vive, de dormir les yeux ouverts, de se réveiller au moindre son, d'aller de temps en temps regarder les étoiles qui scintillent et les avions qui passent et qui clignotent. De plus, il y a cet oiseau qui l'empêche parfois de dormir la nuit.

L'Ingénieur tend l'oreille :

— Un oiseau ?

C'est vrai qu'il ne l'a plus revu depuis que la sécheresse a frappé le village ; mais il sait tout de même que le petit diable est toujours là, quelque part dans sa tête, et que, à la seule évocation de son nom, il l'entendra de nouveau tambouriner.

— Il se fait rare depuis quelque temps.

— Et c'est comment ?

On dirait un moineau, mais il a un bec pointu et une tache rouge sur la nuque. Il martèle les troncs d'arbres à coups de bec, ou il tambourine.

— Mais c'est un pic, s'écrie l'homme, après quoi il pose une main sur sa bouche puis chuchote, il ne tambourine pas, il cherche des insectes pour les manger.

Le jeune homme sort son paquet et grille une cigarette ; l'Ingénieur en fait autant ; et ils fument tous les deux en gardant le silence. Puis l'ouvrier lui demande s'il ne s'ennuie pas parfois. Passer toute la journée dans une échoppe et ne rien faire, ça doit être éprouvant, n'est-ce pas ? Il s'ennuie à crier, c'est vrai, mais il n'y a rien à faire.

— Tu peux écouter la radio.

Il pourrait mais il a peur, lui qui a entendu de ses propres oreilles un ouléma prêchant à la radio inciter les fidèles à punir les pervers sans hésiter. C'était dans le restaurant dont il est un habitué depuis six ans. Peu après, le serveur, devenu son ami, lui avait raconté comment les soldats talibans avaient noirci au charbon le visage d'un commerçant accusé d'avoir clandestinement écouté de la musique avant de l'exposer, en plein centre du marché, aux yeux de tous.

— Ou lire, si tu en es capable.

Il n'a toujours pas oublié les feuilles jaunâtres emplies de mots imprononçables qu'enfant, il devait apprendre par cœur. À quoi bon lire des choses dont le sens lui échappe ?

— J'aime pas lire ni écouter la radio.

L'Ingénieur change de sujet ; il lui parle de ce qu'il fait quand il est à la maison, de son petit jardin *hélas négligé*, de son insomnie *incurable* et de son sommeil *sans rêve*, depuis plus ou moins vingt ans. Le jeune homme n'est plus mal à l'aise ; la présence de l'Ingénieur dans la baraque lui semble normale ; il lui pose des questions sur ses parents, ses frères et sœurs. Ses parents sont morts depuis longtemps, ici même, juste après l'avoir marié. Son frère, parti à Kaboul au moment où lui-même rentrait au village, vit de par le Vieux Continent. Ne lui manque-t-il pas ? De temps en temps, si. Mais à quoi bon penser à celui qui ne pense pas à toi ? Il caressait sûrement l'idée d'aller découvrir le monde et de ne jamais revenir, l'Ingénieur, lui, a choisi la mine.

— Il faut que j'aille me coucher, dit-il après avoir consulté sa montre, je bosse demain.

Il ouvre la porte, doucement, vérifie la rue, et lui fait signe de sortir. L'Ingénieur lui serre la main et, je voulais tellement parler à quelqu'un, disparaît dans la nuit.

Il est de retour la semaine suivante, un vendredi soir. Le jeune homme le voit à la mosquée à midi, d'abord devant les latrines – où, non loin d'une multitude bariolée de brocs en plastique, tous vides, quelques retardataires, accroupis, font leurs ablutions sèches en posant les paumes au sol et en les passant sur le visage et le dos des deux mains –, puis à l'intérieur, au dernier rang, les yeux rivés sur son tapis de prière et le front sillonné de rides. Il semble écouter le mollah qui, après avoir fait l'appel, obligatoire depuis l'arrivée des nouveaux maîtres du village, se met à prêcher à grands cris. Un paysan remue la tête de haut en bas à chaque mot que l'imam prononce ; assis à sa gauche, un vieil homme, connu pour son incontinence anale, s'impatiente ; un peu plus loin, deux adolescents dont il a oublié les noms font semblant de tousser pour dissimuler leur envie de rire. Puis on se dresse, on se met en rang, on lève les mains. L'Ingénieur est le premier à sortir après la fin de la prière.

— Ça m'étouffe, se plaint-il lorsqu'ils se voient. Depuis quand on fait l'appel à la mosquée ? Et puis toutes ces bêtises…

Il s'arrête soudain et, embarrassé, peine à allumer sa cigarette.

— Je n'ai rien contre les croyances, mais…

Le jeune homme l'écoute attentivement mais ne dit mot.

— Parfois j'ai l'impression d'avoir vécu plusieurs vies. Il y a vingt ans, à Kaboul, on nous disait de ne pas perdre notre temps à prier un dieu qui n'existe même pas, et maintenant…

Le mot *Kaboul*, ville d'où, selon le mollah, proviennent tous les maux du monde, lui fait dresser l'oreille ; on y idolâtrait Lénine le *la'ine**, fermait les mosquées, ouvrait les clandés et les *sâqi khâna**, buvait de l'alcool, enlevait le voile, on s'y promenait tout nu. L'Ingénieur avait été le premier à s'y rendre, le premier à souiller son nom, le nom du village, son innocence, l'innocence du village. Puis son frère qui, pire encore, n'était même plus rentré.

— C'était comment, la capitale ?

Grand, bruyant, ouvert. C'est à Kaboul que se joue le sort du pays tout entier, depuis toujours, depuis le temps où le jeune aventurier y avait mis le pied, seul, enthousiaste, plein d'espoir. La ville l'avait charmé au début, ses visages et ses odeurs, ses rues noires de vagabonds, marchands, hippies, manifestants, son énergie matinale et sa torpeur, son ivresse nocturne. En ville, il avait connu le monde et ses couleurs, la vie et ses formes. Puis arriva le jour où tout avait basculé. Dois-je rester encore un peu ? s'était-il demandé dans la pénombre de la petite chambre d'étudiant qu'il louait. Et il avait pensé à son avenir incertain, aux amis qu'il s'était faits à Kaboul, à la fille, une camarade de classe, qu'il aimait. Soit il restait et risquait d'y mourir, soit il abandonnait ses études et partait dès le lever du jour, déguisé en paysan, vêtu de sa vieille *kurta* et de son gilet, portant une calotte et des spartiates. Jamais retour n'avait été aussi pénible.

D'autant que, une fois rentré, il s'était aussitôt aperçu des regards hostiles que les villageois portaient sur lui. Il avait franchi la ligne rouge en décidant d'aller en ville et d'étudier les sciences maudites ; trahi le village, ses ancêtres, son peuple ; créé un précédent désastreux. À peine avait-il enlevé la poussière sur ses vêtements que son frère s'était mis en route vers la capitale, seul, enthousiaste, plein d'espoir comme lui. L'Ingénieur, désabusé, avait tenté de l'en dissuader. Bon, bon, ça suffit, avait dit le frère, je vais nulle part, et il était parti se coucher : le lendemain, son lit était vide. La capitale l'a dévoré comme elle voulait me dévorer moi, mais bon, chacun sa vie, chacun son choix. L'Ingénieur avait cependant pu s'en débarrasser à temps. Et, malgré la mauvaise réputation qu'il s'était faite chez lui, malgré le départ inattendu de son frère, fruit de son imprudence qui frôlait l'impudence, il avait enfin accepté de s'installer au village et d'oublier la capitale comme on oublie un rêve interdit. Il restait pourtant à savoir si le village l'acceptait, lui qui s'était marié entre-temps, avec une fille du village voisin, lui dont les parents étaient morts peu après son mariage, dont la femme mourut peu après la mort de ses parents. Désormais un damné. Tu touches un diamant et le diamant se transforme en cendres et en fumée. Soudain, il fut aussi mal vu que craint. On l'évita partout sans pour autant cesser de parler dans son dos.

— C'était l'enfer sur terre, se souvient-il, j'étais obligé d'aller travailler ailleurs, loin du village.

Le jeune homme pense à sa propre vie, sans aventure, certes, mais pourtant pleine de malheurs.

— Moi aussi, dit-il, j'aimerais un jour travailler à la mine.

L'Ingénieur hoche la tête ; la braise de sa cigarette brille et s'éteint doucement.

— Je ne pense pas que ça soit une bonne idée. Du moins pas à ton âge. Tu sais, parfois, quand je regarde en arrière, je me dis que je n'étais peut-être pas aussi courageux que mon frère. Je suis rentré et j'ai renoncé à mes rêves, lui est allé jusqu'au bout. Et il est sans doute content de sa vie puisque c'est lui qui l'a choisie.

Qu'il veuille travailler à la mine est aussi son choix : pour s'éloigner du village, s'en libérer. L'Ingénieur n'est pas d'accord : c'est de la servitude, et la servitude, on ne la choisit jamais.

— Sauf si tu as un camion et que tu transportes du charbon. Là, tu seras moins dépendant. Mais ça prend des années.

Si seulement l'échoppe lui appartenait. Il la vendrait sans tarder pour acheter un camion et aller travailler à la mine ; le véhicule serait son véritable chez-lui ; il ne rentrerait plus au village.

— Même si tu en as un, poursuit l'invité nocturne avant de prendre congé, il y a des moments où ton camion ne sert à rien. La mine s'effondre et tu restes sans travail pendant des mois.

Et, sur ce, il disparaît dans la nuit. Le lendemain, alors que le véhicule passe devant l'échoppe, le jeune homme, somnolent, ouvre la porte et fait au revoir de la main. Une cigarette entre les doigts, l'Ingénieur en fait autant. Le camion monte la colline gris fumé et l'aube point.

Rien de nouveau sous le soleil du village. Les paysans longent les murs, s'amassent sur la terrasse de la boutique, se traînent vers la mosquée, se dispersent, reviennent, se dispersent à nouveau. Fusil à l'épaule, les soldats frappent aux portes pour se faire inviter, en attendant l'arrivée de ravitaillement de la ville. Le mollah, lui, organise en vain des prières collectives pour qu'il pleuve ; il admoneste les villageois, *noyés dans les péchés*, se targue d'avoir prié toute la nuit pour le bien de son peuple, fût-il *ingrat*, encense les *soldats de Dieu* qui, malgré la rudesse des temps, veillent au salut et à la sûreté du village.

— Un fils de pute m'a volé mon coq, rugit à peine deux heures plus tard un villageois qui, rouge de colère, ôte son turban et menace d'étouffer avec ses propres mains le voleur s'il le trouve. Il était pourtant là, ce matin, quand je suis sorti de chez moi.

— T'as regardé partout ? lui demande Nasro.

— Mais bien sûr !

— Le poulailler ?

— Oui.

— Les latrines ?

— Surtout les latrines, dit Abdol, les coqs adorent manger de la merde !

L'homme réplique :

— Pas mon coq !

Nasro se racle la gorge avant de philosopher :

— C'est pourquoi je pense qu'il faut toujours fermer la porte.

— Je *l'avais* fermée !

Il est temps pour Abdol d'avancer sa thèse :

— Dans ce cas, soit le coq n'a pas été volé, soit le voleur vient de ta propre famille.

Le villageois n'en peut plus : il remet son turban et, marmonnant dans sa barbe, s'éloigne brusquement avant de revenir quelques heures plus tard, toujours d'humeur maussade.

Nasro s'écrie à sa vue :

— Te revoilà !

— Je te l'avais bien dit, lui dit Abdol, ton coq n'a pas été volé.

— Il est où ?

— Il était noir et blanc, n'est-ce pas ?

— Exact !

— Avec une crête rouge ?

— C'est lui-même !

— Eh bien, il n'a pas été volé !

— Mais il est où ?

— Il a été égorgé ! Je l'ai vu de mes propres yeux. Sa tête, ses pattes, ses plumes.

Prêt à bondir, le villageois écarquille les yeux.

— Où ça ?

Abdol baisse la voix :

— Devant le poste des talibans.

Soudain, l'homme devient pâle.

— Bah, balbutie-t-il, tu m'as pas laissé parler… L'idiot, il s'était caché dans… imagine… dans le grenier… D'ailleurs, faut que j'aille voir s'il a pondu aujourd'hui…

Après quoi il se retire de nouveau, sans prêter attention à l'hilarité de Nasro et d'Abdol, que sa réponse embarrassée vient de déclencher. Encore un sujet de conversation qui va se répéter *ad nauseam*, et qui va faire rire le village tout entier. Le souvenir du visage du voleur revient pourtant en mémoire du jeune homme. Pendu à un arbre, son cadavre jeté à la fosse, les soldats partis sans payer de son échoppe. La rage au ventre, il les avait traités silencieusement de tous les noms, se promettant de venger un jour le voleur mort pour rien, et de se venger des véritables voleurs ; il s'était également promis de se venger du mollah qui, quelques heures plus tard, avait fait l'éloge de la pendaison depuis son minbar. À la nuit tombée, il s'était dirigé subrepticement vers la colline. Le voleur était bien là, dans le noir, enfoui sous des pelletés de terre. Le village l'oublierait en un rien de temps, comme le soldat Ivan ou Sergueï ou Dimitri, ou encore comme ses propres morts.

— Je me souviens du jour de ta naissance, dit l'Ingénieur, ou disons plutôt du jour du décès de ta mère.

Fraîchement rentré de Kaboul, l'étudiant n'avait pourtant pu assister à ses funérailles puisque personne ne voulait de lui. Où l'avait-on enterrée ? Dans l'ancien cimetière, détruit trois ou quatre ans plus tard par l'explosion d'une bombe, à la lisière de la forêt, là où se trouve le nouveau champ du repos.

— Ça fait longtemps que je suis pas allé à la forêt, souffle le jeune homme, nostalgique.

— Et je pense que tu n'auras plus le temps d'y retourner, sourit l'Ingénieur, et il sort un appareil d'un sac en plastique noir qu'il a dans la main. Tu m'avais dit que tu n'aimais pas la radio. Mais je te la donne quand même parce que, d'abord, la radio c'est le monde, et puis parce que ce n'est pas seulement une radio, mais aussi un magnétophone. Ici – il rapproche l'appareil de la lumière et baisse la voix – tu peux mettre des cassettes.

Le bonhomme n'a sans doute pas encore entendu l'histoire du commerçant au visage noirci que les soldats avaient exposé en plein centre du marché.

— Je n'en ai trouvé qu'une seule, reprend-il, et il sort, cette fois-ci de la poche intérieure de son gilet, une cassette. Elle est plus âgée que toi. Regarde la photo.

Il approche la cassette de la bougie. La silhouette souriante d'un trentenaire aux cheveux foisonnants et aux épais favoris sur la jaquette. Debout sur la scène, l'homme tend la main vers une flopée de filles folles de joie en contrebas.

— Grâce à une connaissance, j'ai assisté à l'un de ses derniers concerts dans un resto-bar, comme on disait à l'époque. Il enchaînait des chansons alors que les filles s'évanouissaient les unes après les autres tant elles étaient excitées de le voir. Il s'appelait Ahmad Zahir, mais on le surnommait l'Elvis de Kaboul, star américaine de l'époque. Je vivais encore dans la capitale quand on l'a assassiné. Et là, il y a peu, j'ai entendu dire que les barbus avaient dynamité sa tombe.

Bien qu'il ne connaisse pas le musicien, une grande tristesse gagne le jeune homme. Ce sourire familier, il lui rappelle un autre chanteur, et un ami, assassinés eux aussi. Il met la cassette dans le magnétophone qu'il cache aussitôt dans son sac. L'Ingénieur comprend ce que cela signifie ; il connaît les risques mieux que quiconque, y a sans doute pensé et repensé avant de les lui confier. D'où sa réponse à la question qu'il ne lui a même pas posée : la cassette, il faudra l'écouter tard dans la nuit, et avec précaution. Après avoir baissé le son, on appuie sur le bouton rouge ; puis on colle son oreille contre le haut-parleur et on se laisse porter par la voix. Quant à la radio, il faudra apprendre à moduler les fréquences. Voit-il ces petits repères en relief ? Chacun d'entre eux cache un monde, certains vivables, d'autres insupportables. On fait de nombreux allers-retours entre les points pour trouver celui dans lequel on aimerait vivre.

L'univers est chaotique cette nuit-là. Allongé sur le matelas de sol qu'est son lit, le jeune homme tourne le bouton pour passer d'une fréquence à l'autre. Rien que des bruits. Les voix se mélangent, voix d'hommes et de femmes, pour finir par devenir inintelligibles, des chuintements infinis. Peut-être faudrait-il l'éteindre pour l'allumer de nouveau. Rien n'y fait. Il hésite à appuyer sur le bouton rouge, celui du magnétophone, qu'il sent sous son doigt. Soudain, des aboiements de chien derrière la porte, et des bruits de pas qui, peu à peu, faiblissent. Est-ce un soldat qui patrouille ? Impossible car, pour autant qu'il les connaisse, les soldats disparaissent toujours après la dernière prière de la journée. Et si c'étaient les coqs qui les incitaient à quitter leur poste à cette heure tardive ? Impossible également, car personne ne laisse son coq sortir du poulailler la nuit. Ou peut-être est-ce l'Ingénieur qui, inquiet pour la sûreté de son ami, veut savoir s'il suit ses conseils. Que quelqu'un s'inquiète pour lui le réconforte. J'appuie sur le bouton, se dit-il, et il entend de nouveau un chien aboyer. Ses amis nocturnes, eux dont la présence dans la rue dissipait sa peur quand, il y a six ans, la solitude le faisait trembler au moment où le jour disparaissait, ne lui mentent jamais. Il remet la radio dans le sac et se rallonge.

Demain, encore un coq volé.

Ce n'est qu'après trois nuits d'hésitation qu'il décide enfin d'appuyer sur le bouton rouge foncé. La cassette tourne, laissant échapper un petit bruit sec, suivi quelques instants plus tard d'une mélodie, suivie à son tour d'une voix chaude et charmeuse. Tout oreilles, il se sent incapable de bouger, de respirer. Il y a un peu plus de six ans, il a découvert Bangicha et Aisha lors d'un voyage en ville ; depuis, il a toujours cru qu'une chanson ne pouvait être qu'un échange de mots, une drague sans fin, une joute ou un bras de fer. Mais voici une voix solitaire qui, pendant que la musique lui tourne la tête, annonce l'arrivée du printemps et le départ d'un être cher. Elle le remplit d'une sensation qu'il ne parvient pas à nommer. Est-ce de la tristesse ? Il ne pense pas car, ayant perdu un ami, il sait ce que la tristesse veut dire. Il y a du regret dans ce qu'il sent, et de l'envie, mais il ne peut les discerner clairement. Et puis il y a la mélodie, tous ces instruments inconnus qui, accentuant l'amertume générale, ne cessent un instant de gémir. Lorsque la cassette s'arrête une demi-heure plus tard, faisant derechef un bruit sec suivi cette fois d'un silence brusque, le jeune homme a soudain la trouille. Il y a un instant le monde était peuplé et bruyant, et voilà que tout disparaît comme par enchantement. Cette peur ne lui rappelle-t-elle pas ses premières nuits dans l'échoppe quand le moindre son venu de l'extérieur – le vent qui bruissait, un djinn qui passait devant la baraque, les martèlements intempestifs du pic, les froufrous de feuilles dans la rue, le silence – le faisait frémir dans son lit ? Il remet la radio dans le sac et s'allonge, mais le sommeil tarde à venir.

Le village dort encore quand il ouvre les yeux le lendemain matin. Une voix brumeuse lui propose de rallumer le magnétophone et de laisser tomber la prière. Il hésite, craignant que son absence n'éveille les soupçons des villageois. Puis il y a son père qui, depuis le jour où le jeune homme lui a dit que, ce mois, il n'avait rien à lui donner puisqu'il avait vendu peu de choses, ne cesse de lui échauffer la bile. Ce qui explique par ailleurs la présence d'Akhtar chez lui il y a deux jours. Sur l'ordre de son beau-père, le muezzin était venu chercher du sucre et de l'huile, du sel et du miel, et il était parti sans payer. Il faut que j'en parle au mollah, s'était dit le jeune homme, agacé, et il avait décidé d'aborder le sujet dès que possible. Qu'il cède donc à la tentation de la musique ne fait qu'empirer les choses ; d'autant que, depuis un certain temps, il a peur que le mollah n'incite les soldats à lui casser les pieds. Comment se défendre contre eux ? Que dire à ces gens qui, fouet au poing, posent mille questions mais n'écoutent pas une seule réponse ? Et s'ils venaient fouiller son échoppe ? Il mettrait non seulement sa vie en danger mais aussi celle d'un ami, l'Ingénieur.

Il sort faire ses ablutions.

Mais la tentation ne le quitte pas une seule seconde : elle lui chauffe l'oreille pendant qu'il prie, parle au mollah de la sécheresse et du manque de clients, l'écoute sans broncher alors que, après l'avoir accusé de paresse et d'incompétence, le maître de la mosquée lui fixe un délai pour qu'il lui rende ce qui est à lui, entend un peu plus tard les villageois se chamailler, se met à l'abri du soleil, prend son déjeuner, du pain et de l'oignon, regarde le jour décliner lentement, comme un vieillard boiteux qui met une éternité pour passer devant sa baraque, prie de nouveau, commence à préparer le dîner tout en attendant la tombée de la nuit.

Il est le premier à sortir de la mosquée dès que la prière touche à sa fin. Regagner l'échoppe, allumer une bougie, finir son repas en deux minutes. Il attend que les derniers bruits de pas disparaissent dans le noir puis sort le magnétophone et, anxieux et excité à la fois, appuie sur le bouton rouge. La voix reprend, chaude et charmeuse comme hier, chantant la vie, l'amour, la trahison. Elle le remplit de nouveau de la sensation qu'il connaît dorénavant mais qu'il ne parvient toujours pas à nommer. Il ferme les yeux et se laisse porter par ce mélange de regret et d'envie, oubliant peu à peu la nuit et ses ombres, le village et ses démons, rêvant d'un autre temps, d'une autre vie.

Mais voilà qu'on frappe à la porte.

— Ouvre !

Il bondit hors de son lit, tremblant. La cassette tourne toujours mais il n'entend plus rien, rien à part la voix cassée qui vient de l'extérieur.

— Ouvre !

Il tend la main pour chercher le magnétophone dans le noir. L'éteint, le met dans le sac, s'éclaircit la gorge.

— C'est toi ?

— Ouvre je te dis !

— Qu'est-ce que tu veux ?

— J'ai une dent qui lance ! Ouvre !

— Attends un instant.

Malgré la chaleur, Abdol frissonne de fièvre. La tête légèrement penchée à gauche, il tient une bouillotte contre sa joue.

— Elle va me tuer, cette chienne de douleur ! Donne-moi quelque chose pour la calmer.

Heureusement qu'il lui reste encore des comprimés. Le jeune homme lui en donne trois.

— Encore un, rugit Abdol.

— Ne l'avale pas, laisse-le fondre lentement sur ta dent.

— Je sais, toubib *sahib* ! Note-le dans ton cahier, j'ai rien à payer.

Et là-dessus, il s'éloigne. Content que le fermier n'ait rien entendu, il ferme la porte, note les comprimés vendus dans son cahier et éteint sa lampe torche. Maintenant il faut s'allonger et attendre le sommeil, sans bien sûr penser à la musique car l'homme à la dent endolorie peut revenir à tout moment. Et si on le dénonçait aux soldats ? Aurait-il le temps de planquer le magnétophone avant qu'ils ne le surprennent ? ou bien le courage de leur mentir ? Et si un soir ils arrivaient et que l'Ingénieur se trouvait là, à ses côtés ? Ils les accuseraient sans doute de la turpitude du peuple de Loth.

L'Ingénieur fait tomber d'une chiquenaude la cendre de sa cigarette dans une petite boîte vide.

— Tu as raison, dit-il. Désormais, je viendrai le jeudi soir. On sera tranquilles comme ça puisque, le jeudi soir, soit les villageois se couchent tôt, soit ils sont tous occupés.

Dormir tôt pour se lever tôt, prendre une douche, s'apprêter à dire l'importante prière du vendredi. Mais qu'ils soient tous "occupés" fait allusion à quelque chose d'innommable, d'où le sourire malicieux sur les lèvres de l'ouvrier.

— C'est bizarre qu'ils attendent toute la semaine pour croquer la pomme le jeudi soir.

Sa remarque le fait rire. Depuis qu'il le connaît, l'Ingénieur a toujours été pudique. Il ne parle jamais des femmes qu'en employant le passé : la fille qu'il avait aimée une fois à Kaboul, la fille qu'il avait épousée au village.

— C'est parce qu'ils peuvent pas se doucher tous les jours, dit-il.

— Mais pourquoi se doucher ?

— Parce qu'on doit se doucher après *ça*. C'est la souillure majeure.

— Quoi ? La copulation ?

— C'est écrit dans le livre.

— Quel livre ?

Un interrogatoire dont il ne sortira pas indemne. Le sujet l'intéresse cependant, le fait que l'Ingénieur évoque ce à quoi il ne cesse de songer depuis le jour où il a découvert ce plaisir grisant qu'on appelle l'orgasme. Il serait sans doute plus intense si au lieu de se caresser il caressait une femme.

— J'ai oublié son titre.

— Il y a autant de livres dans le monde que d'étoiles dans le ciel, déclare l'Ingénieur.

Le mollah, lui, ne parlait que d'une dizaine de bouquins à lire pour mieux comprendre Le livre. Inépuisable, celui-ci contenait tout ce qui avait existé ou existerait sur terre et dans les sept cieux depuis les temps immémoriaux jusqu'à l'éternité. Il régissait l'univers, réglait la vie des mortels, les guidait jusqu'à la mort et au-delà. Des mots divins que le jeune homme récitait par cœur le soir, mais qu'il oubliait le lendemain.

Et pourtant, il n'oublie jamais le magnétophone, cadeau de l'Ingénieur qui, ce soir, lui demande si, à part la cassette dont les chansons datent d'une autre époque, il trouve la radio intéressante. N'est-ce pas génial de savoir ce qui, à l'heure actuelle, au tout début d'un nouveau millénaire, se passe de par le monde ? Fêtes et joies, guerres et tueries, vie et mort ? Le bonhomme dit avoir vécu, quoique de loin, le passage à l'an 2000, année de la mort du dernier bouquetin des Pyrénées écrasé sous un arbre en Espagne, de l'avion abîmé dans l'océan Atlantique, de la prise de Groznyï par des troupes russes, de l'arrivée au pouvoir pour la première fois d'une femme en Finlande, de quarante jours de pluie et d'orage au Mozambique, du suicide collectif de quatre cents membres d'une secte apocalyptique dans une église en Ouganda, du franchissement du cap du milliard d'habitants en Inde. C'est grâce à son autoradio qu'il a eu vent de tout cela, lors de ses allers-retours, dans la solitude de la cabine de son camion et celle des champs asséchés. C'est génial, n'est-ce pas, d'être à la fois ici et ailleurs ? Effectivement, d'autant que, malgré la grande tristesse qui règne sur le monde, les noms et les endroits inconnus que l'Ingénieur vient d'évoquer l'émerveillent. Fermer les yeux et rêver d'être ailleurs. Pourquoi ne suis-je pas né oiseau ? se demande-t-il.

Est-elle vraiment là, derrière cette petite aiguille ? Pourrait-elle lui répondre s'il lui posait des questions ? Sent-elle le souffle chaud du jeune homme sur son visage, sa peau, tandis qu'il palpe ses testicules tout en la dévorant de baisers imaginaires ? Il finit toujours par éjaculer sans pouvoir jamais la voir, la femme à la radio, qui parle la même langue que lui, quoique d'une manière particulière, en employant des mots qu'il ne connaît pas, et qui rit en plus de temps à autre, et qui converse avec des hommes. Est-elle belle ? C'est sûr. Mais le seul visage féminin dont il se souvient est celui de sa belle-mère qui, elle aussi, se trouve juste là, derrière la porte dérobée. La femme à la radio devient sans doute plus belle lorsqu'elle rit. Et puis il y a sa voix si douce, si câline, si voluptueuse ; et sa bouche invisible d'où sort cette voix qui prend congé à la fin de l'émission mais qui promet de le retrouver le lendemain soir à la même heure, et sur la même longueur d'onde. S'ensuit un morceau de musique, toujours le même, court et soporifique. Il change de chaîne pour éviter le sommeil. Cette fois-ci, c'est un homme, mais il ne parle pas sa langue. Il l'écoute pourtant attentivement comme pour lui dire qu'il est là.

À cheval entre deux existences. Le jour, il se rend à la mosquée, boit du thé, accueille les villageois, insulte la chaleur, bâille, déjeune, bâille encore, chantonne, se tait, attend avec impatience la tombée de la nuit. La nuit, il voyage, laissant tout derrière lui, glissant d'un rêve à l'autre. Les yeux fermés, il imagine la femme de la radio à ses côtés ; il l'imagine dans ses bras, tous les deux debout sur la scène ; il s'imagine près d'elle au bord d'une rivière qui laisse voir un arrière-plan de montagnes. Le ciel est bleu, le soleil timide ; la brise les chatouille ; ils hument l'air frais matinal. Puis la femme part et il est soudain de retour dans son échoppe. Il change de fréquence pour ne pas se sentir seul. Au moins deux cent cinquante villageois brûlés vifs après l'explosion d'un oléoduc au Nigeria. Attentats à la bombe à Kaboul. Bachar al-Assad élu président de la République arabe syrienne. La voix s'éloigne peu à peu, jusqu'à ce qu'elle ne lui parvienne plus ; il s'entend ronfler et il se réveille en sursaut.

C'est par l'entrée dans sa vie d'un hidalgo amoureux de chasse et des livres de chevalerie que commence son vrai voyage, quelques nuits plus tard. On l'appelle Quixada ou Quesada. Un certain Miguel de Cervantès le décrit comme un quinquagénaire sec de visage et maigre de corps. Fou de livres, l'hidalgo lit du soir au matin et du matin au soir, se laissant ainsi porter par sortilèges, noises, provocations, batailles, blessures, galanteries, amours et autres démons. Il finit par décider de se faire chevalier errant et voyager à travers le monde à la recherche d'aventures. Après quoi il nettoie les pièces rouillées d'une armure appartenant à ses bisaïeuls, refait son armet, nomme sa monture Rossinante, se nomme lui-même Don Quichotte de sa patrie qu'est la Manche, accorde le titre de dame de sa vie, à l'insu de celle-ci, à la jeune paysanne Aldonza Lorenzo, surnommée Dulcinée du Toboso, et fait sa première sortie.

L'animateur s'arrête, remettant le reste de l'histoire à plus tard – samedi prochain à la même heure, et sur la même longueur d'onde. Le jeune homme s'impatiente. Qu'il attende la tombée de la nuit ne suffit plus, il faudrait apprendre à compter les jours, dorénavant, et à suivre le tout neuf aventurier dans un château aux tourelles et aux chapiteaux argentés d'où il sortira armé chevalier, prêt à venger des offenses, réparer des torts, combattre des injustices, sanctionner des abus, régler des dettes. Ainsi, tandis que le chevalier fait sa deuxième sortie en compagnie du futur gouverneur d'un royaume à conquérir et de son âne Rucio, et qu'il se bat contre des géants, terrasse un jeune querelleur dans un duel à mort, se fait rosser par des muletiers, attaque une procession de moines en deuil, libère un groupe de galériens condamnés par le roi, se rend à Sierra Morena où le fameux âne de son écuyer disparaîtra, les nuits se succèdent sans pour autant se ressembler.

Puis un jour d'automne arrive un inconnu. Assis comme d'habitude sur la terrasse, le fermier à la dent toujours endolorie est le premier à apercevoir le van blanc qui, soulevant des nuages de poussière, descend la colline, approche, ralentit pour s'arrêter finalement devant l'échoppe. Trois hommes se trouvent à bord du véhicule. Le chauffeur baisse la vitre, sort sa petite tête enturbannée par la fenêtre grande ouverte et salue les villageois.

— *Mister* cherche la maison du mollah, dit-il, désignant d'un geste de la main le passager à sa droite.

Avec ses lunettes rondes et une barbe courte, celui-ci a l'air de venir de loin, très loin ; ce qui inspire du respect et de l'embarras aux paysans, lesquels se sont déjà levés à moitié.

Abdol pointe le jeune homme d'un coup de menton.

— C'est son fils.

— Tu peux l'appeler ? lui demande le chauffeur. *Mister* et son interprète doivent repartir rapidement.

— Il peut pas, répond Nasro. Le mollah l'a mis à la porte.

Un autre villageois s'empresse de dire :

— Je peux vous emmener à la mosquée.

Et, sur ce, il se met en route, et le véhicule, teinté par endroits de bleu, le suit. Le villageois ressort quelques minutes plus tard pour se rendre dare-dare au poste et revenir peu après accompagné de deux soldats. Ils entrent tous les trois dans la mosquée.

Ce n'est que quelques heures plus tard que le voile est finalement levé sur le secret de la visite mystérieuse du *Mister*. Pendant ce temps, le village bruisse de rumeurs. S'agit-il d'un espion ? Sans doute. Encore un Russe. Ou bien un Britannique. De toute façon, un chrétien ou un juif, un *yahoud*.

D'aucuns parlent d'un complot contre le village, d'autres des châtiments divins à l'encontre de ceux qui tomberont dans le piège du *yahoud* et de son aide. Que leur a dit le mollah ? Pourquoi ont-ils voulu que les soldats soient aussi là ? Le villageois qui les a conduits à la mosquée, et qui en a été aussitôt expulsé, ne cesse d'inventer des histoires. Ni russe ni britannique, chuchote-t-il, c'était un Américain. Et comment diable le sais-tu ? lui demande Abdol dont la joue gauche est deux fois plus grosse que celle de droite. Le villageois ne perd pas la face : C'est lui-même qui l'a dit. À qui ? à toi ? Et dans quelle langue ? Les voix fusent. Certains rient jusqu'à vomir, d'autres s'encolèrent en parlant. Le villageois crache par terre et s'éloigne sous le soleil automnal qui se fait soudain plus dur à supporter ; les autres se dispersent peu après lui. Seul dans sa boutique, le jeune homme rembobine le temps : depuis ce jour lointain où le soldat Ivan ou Dimitri ou Sergueï est tombé à l'entrée du village, aucun étranger à la barbe courte et aux yeux bleus n'a plus osé descendre la colline. D'où vient alors celui-ci ? et pour quoi faire ? Il se rappelle l'homme à la radio dont il ne connaît pas la langue, mais qu'il écoute tout de même.

Encore une heure et puis le village tout entier se hâte vers la mosquée, le cœur battant. Assis sur le minbar, le mollah parcourt du regard la foule, pendue à ses lèvres. Une espèce de sourire, mélange de taquinerie et d'insolence, glisse sur son visage et il se racle la gorge. Vous vous attendez à de bonnes nouvelles, n'est-ce pas ? Un étranger aux yeux bleus qui tombe du ciel. Et vous qui vous demandez ce qu'il pourrait vous apporter. Du blé ou de la farine ? du sel ou du sucre ? du lait ou de l'huile ? Ou bien des vêtements, des chaussures, des couvertures ? Peu importe qu'il vienne de Jabulqa ou de Jabulsa, ou qu'il fasse partie des Yajouj et des Majouj, vous vous moquez de sa couleur de peau, de sa langue, de ses intentions. Pourvu qu'il vous apporte quelque chose, qu'il vous donne à manger ou à boire. Ce qu'il ferait volontiers, très volontiers, puisque ce n'est pas lui qui vous donne, à vous, quoi que ce soit, mais le nid d'espions qu'il représente. Et tandis que, humbles et reconnaissants, vous baissez la tête au moment où sa voiture passe devant vous, il sourit de toutes ses dents. Une vraie victoire pour un infidèle, n'est-ce pas ?, qui a su conquérir les cœurs naïfs d'une poignée de villageois. Mais qu'il se détrompe, rugit-il soudain, car tant que nous – il montre d'un geste de la main les soldats, assis au premier rang –, tant que nous, on est là, il ne conquerra rien, et encore moins vos cœurs. Voilà tout. Maintenant : l'individu que vous avez vu est bel et bien un étranger ; il a, en effet, de petits yeux bleus comme des billes – un gloussement s'échappe de sa bouche ; il représente un organisme qui veut vous distribuer des denrées alimentaires. Mais – il lève un doigt – sachez-le une bonne fois pour toutes : ce qu'ils nous rendent *est* à nous, car tout ce qui est au ciel et sur la terre nous appartient, *à nous*, les fidèles. Et sur ce, il passe le cahier d'appel au muezzin et lui demande de recopier les noms des villageois. À quand les distributions ? Vendredi prochain, si Dieu – le *yahoud* – le veut.

Dieu veut que vendredi le vieil âne meure. Bouche plissée de dédain, c'est Akhtar qui vient annoncer la mauvaise nouvelle au jeune homme. Il faut l'éloigner avant qu'il ne pourrisse, ajoute-t-il, et, sans laisser le temps à son interlocuteur d'encaisser le coup, il se dirige vers la mosquée, où ce dernier ira le chercher quelques minutes plus tard. Comment se fait-il que le baudet soit mort ? Avait-il de quoi manger ? De quoi boire ? Était-il malade ? Et, d'ailleurs, pourquoi dois-je m'en occuper, moi, alors qu'il appartenait au mollah ? Le muezzin n'a pas l'intention de lui répondre. Allongé sur le ventre, la tête légèrement penchée à gauche et le coude appuyé sur le sol, il recopie sans l'écouter les noms des villageois.

Le jeune homme sort.

Abdol est prêt à lui prêter sa brouette et sa bêche à condition qu'il remplisse à ras bord sa tabatière. Il acquiesce, retourne à la mosquée pour demander au muezzin, qui n'a d'ailleurs pas le droit d'entrer dans la maison quand bien même il n'y aurait personne, d'aller dire, à travers la porte dérobée, à son beau-père de lui ouvrir, ressort et fait les cent pas sur le trottoir. Dix minutes plus tard, il est dans la cour. Sur la terrasse, le fils aîné du mollah et de la fille du bijoutier. Dans la cuisine, les ombres errantes de ses demi-sœurs, toutes mariées et parties, Aïcha à un moudjahidine, Golsoum à Akhtar, et Mariam à un commandant taliban. Le corps décharné du baudet gît derrière la petite porte qui s'ouvre vers l'échoppe ; un peu plus loin, l'échelle qu'il utilisait jadis pour déneiger les toits, et le billot sur lequel il fendait du bois à la hache. Il traîne le corps, le charge à grand-peine sur la brouette et se dirige vers la sortie. Où aller ? Derrière la colline. Des gouttes de sueur perlent à ses tempes et sur sa nuque, coulent le long de son visage et sur son dos.

— Tous mes regrets, s'excuse l'Ingénieur quelques nuits plus tard. Quand je suis allé à la mosquée ce jour-là, tu l'avais déjà enterré.

Monter la colline, la descendre, tourner à gauche, se dérober à la vue des villageois, creuser la terre craquelée, traîner le corps, le recouvrir. N'entend-il pas le bruit des véhicules qui passent ? Le temps qu'il retourne au village, las et affamé, les distributions sont déjà finies.

Rien que des champs sombres des deux côtés de la route faiblement éclairée par les phares du véhicule. À l'intérieur de la cabine, lui et l'Ingénieur.

— Quelles seraient les premières choses que tu ferais si tu voyageais dans une jolie ville inconnue ?

— Visiter les plus beaux endroits, écouter de la musique, me faire des connaissances.

— Des femmes, sans doute ?

— Non.

— Mais pourquoi ? C'est ce que j'ai fait quand je suis allé à Kaboul, ce que je ferais encore si je rajeunissais. À ce propos, j'ai un petit cadeau pour toi que j'ai mis ici, sous le siège. Je sais que tu n'aimes pas les livres, mais ça, c'est autre chose. Tiens, lis-le avec prudence. Mets-le à l'intérieur d'un grand bouquin que tu feras semblant de lire, comme ça tu seras tranquille. Un homme ne connaît rien au monde s'il ne connaît pas les femmes.

Le grand livre s'intitule *Tout sur les ablutions* qu'il rapporte de la mosquée, le petit bouquin *Faire l'amour, mode d'emploi*. Il ouvre le premier, place le cadeau de l'Ingénieur au milieu, et se laisse porter par les mots. Voici un titre qui le fait frissonner, et voici un texte dont le sens lui empourpre les joues. Il hésite, mais il ne peut détacher les yeux de la page. Et, à mesure qu'il avance, il lui semble que les lettres se dénudent, comme lui lorsqu'il prend une douche dans la petite salle d'eau à la mosquée, comme la femme aux dents blanches et aux lèvres charnues qu'il dévêt chaque soir avant de se coucher, mais dont il ne parvient jamais à imaginer le corps nu. Tout commence par la bouche, dit le livre, et par ce qui en sort. Une terrasse de café, une table, deux individus, un homme et une femme. Les bouches parlent, les bouches séduisent. Une chambre d'hôtel, un lit, les deux individus. L'homme embrasse la femme, lèche le lobe de son oreille, mordille son cou, descend doucement, avec sa langue, ses lèvres, son souffle le long de ses bras, remonte, tout en déboutonnant son chemisier, jusqu'à ses seins, titille ses mamelons, redescend pour lui baiser le nombril, les cuisses, la déshabille. Dessins à l'appui, le bouquin détaille chaque possibilité. Un missionnaire ivre de volupté, un bouddha excité en position du lotus, ou bien un aventurier à cheval.

— Bravo, le félicite un villageois qui veut de la terre à foulon pour se laver les cheveux. Rien n'est meilleur que la lecture.

— C'est mieux que rien, dit-il, embarrassé, fermant le livre mais le gardant toujours sur ses genoux.

— Dix grammes.

— De quoi ?

— De terre à foulon.

— Je ne pense pas qu'il m'en reste.

— C'est pas possible.

— Comme tu vois, ça fait un bon moment que je ne suis pas allé en ville.

Le villageois écarquille les yeux.

— Et tout ça, tu les as achetés quand ?

— Tu veux de la terre à foulon, n'est-ce pas ? s'irrite-t-il. Eh bien, j'en ai plus !

— Mais vérifie, au moins !

Ce qu'il va faire une fois sûr d'avoir débandé. Il place le gros livre sur son oreiller, de façon que l'on ne voie que son dos, et se lève pour vérifier s'il lui en reste encore, de l'argile smectique, comme dit l'Ingénieur.

— Tu as de la chance.

Et il lui en donne dix grammes avant de le voir s'éloigner et de retrouver sans délai la femme.

La nuit où il l'a entendue parler à la radio pour la première fois, il ne connaissait même pas l'existence du quinquagénaire au visage sec et au corps maigre voulant bientôt se faire chevalier. Combien de temps s'est écoulé depuis ? Plus d'une saison, sans aucun doute, pendant laquelle le chevalier a parcouru la moitié du monde, bravant les vents chauds et le soleil flamboyant. Voilà déjà deux mois que le froid est de retour, sans pour autant qu'il tombe une seule goutte de pluie, un seul flocon de neige. Le ciel refusera-t-il encore une fois d'entendre les prières du mollah ? Gâté par la générosité du *yahoud* et de l'organisme qu'il représente, le prêcheur n'y prête d'ailleurs guère attention. À quoi bon attendre la clémence céleste quand un Terrien, si impur soit-il, peut lui offrir plus qu'il n'en faut ? Ne lui suffisent pas sa part, la part de ses fils de six, cinq et quatre ans, dont les noms sont écrits à part sur le papier, ou encore une partie de la part d'Akhtar qui lui doit tout ? Le mollah accapare également la part du jeune homme, son débiteur – un sac de farine, une bouteille d'huile, deux boîtes de sucre et de thé, une couverture, un pull, une paire de chaussettes kaki et de galoches noires à semelle fine qui viennent s'ajouter à la liste des aides vestimentaires.

Blotti sous ses vieilles couvertures pour se protéger d'âpres vents coulis, il passe ses soirées en compagnie du chevalier impavide et de son écuyer fidèle, de l'Elvis de Kaboul, de la dame de la radio, ou encore de sa femme imaginaire, ombre voilée qui, accompagnée du mollah, ou de son frère cadet venu exprès de la ville, et de ses fils, sort de la maison d'à côté pour se rendre chez ses parents tous les trois ou quatre mois. Puis il y a l'Ingénieur qui, depuis le soir où un quidam l'a surpris non loin de l'échoppe, ne lui rend visite que toutes les deux ou trois semaines, et avec mille précautions. Qu'il aille le chercher au marché le jour où le jeune homme fait des emplettes suffit déjà à éveiller les soupçons des villageois. D'où vient cette intimité ? D'une complicité sans doute, d'une entente secrète entre l'enfant déshérité et l'homme damné, contre le village, ou encore d'une perversion. L'Ingénieur n'est plus assez jeune pour mettre ses affaires dans un sac, monter dans son camion et prendre la clé des champs. La mort viendra me chercher tôt ou tard, lui avoue-t-il un soir, qu'importe si elle me surprend sur la route ou dans mon lit. Je souhaite seulement que, lorsqu'elle repartira, mon corps sans vie trouve une tombe. Je n'ai jamais eu de vrai chez-moi, lui mérite d'en avoir un. Un coup au cœur pour le jeune épicier qui a oublié que tous les hommes meurent un jour. Mais bon – l'Ingénieur sourit pour chasser l'atmosphère lugubre qui vient de s'installer –, tu ne m'oublieras pas tant que la musique et la femme seront là, peut-être la seule trace que j'aie laissée.

L'une des traces. Car le soir où, pelotonné sous les couvertures, il est arraché à ses réflexions par un coup soudain à la porte tandis qu'il entendait la femme à la radio annoncer la destruction des bouddhas de Bâmiyân, la première personne à laquelle il pense est l'Ingénieur. Il sait pourtant que, soucieux de sa sécurité et de celle de son ami, l'Ingénieur ne frappe plus à la porte ces derniers temps, pas plus qu'il ne reste au village le dimanche. Mais qui cela pourrait-il être si ce n'est lui ? Transi, il cache la radio sous le lit, s'approche de la porte, à quatre pattes, et tend l'oreille. Rien qu'un vent sec qui souffle dans la rue, entrecoupé par moments des jappements d'un chien. Et s'il cauchemardait les yeux ouverts ? Il devait sans doute s'agir d'une illusion car, à mesure que le temps passe, lentement mais constamment, il a l'impression que le vent s'éloigne et que le chien n'aboie plus. Le vide, le silence ; la nuit ressemble à un puits sans fond. Il regagne son lit et, tout en maudissant cette peur atroce qu'il ressent à l'idée d'être surpris par les soldats, il pense à la déception de l'Ingénieur s'il se rendait compte de sa lâcheté.

La peur se transforme en surprise quand le bruit se répète quelques nuits plus tard, à minuit pile. La radio étant éteinte, il sent sur-le-champ la présence de la personne qui toque à la porte dérobée, doucement, délicatement. S'agit-il d'un tour pendable que le mollah tente de lui jouer ? Ou peut-être trame-t-il une intrigue pour le chasser de l'échoppe ? Quoi qu'il en soit, il n'ouvrira à personne tant qu'on ne lui aura pas répondu.

— C'est qui ?

Silence, et :

— Moi.

La petite voix féminine le cloue sur place. Que fait-elle là, si tard dans la nuit ?

— Ouvre, murmure-t-elle.

Figé, il essaie de dire quelque chose mais n'y arrive pas.

— C'est moi.

Et elle se tait.

Bien que la présence nocturne de la fille du bijoutier derrière la porte frise l'irréel, ce n'est ni un rêve ni un cauchemar. Le lendemain matin, alors qu'il sort de son lit sans avoir fermé l'œil de la nuit, la petite voix résonne toujours dans ses oreilles. Que voulait-elle ? se demande-t-il pour la énième fois, repoussant les images obscènes auxquelles il n'a cessé de penser une seule seconde. Peut-être a-t-elle l'habitude de marcher pendant son sommeil, ou peut-être voulait-elle simplement le revoir après tant d'années. Mais pourquoi la nuit ? Sûrement à cause du mollah. Et si celui-ci s'en apercevait ?

Or il semble que le mollah ne se soit pas aperçu de la disparition nocturne de son épouse, malgré le froid créé dans le lit par l'absence de son corps, qu'il ne s'en rende toujours pas compte vu que, à peine une semaine plus tard, la femme apparaît de nouveau. Pendant ce temps, le jeune homme a mille fois vécu ce moment inattendu qui a mis son monde cérébral sens dessus dessous, se posant les mêmes interrogations, toutes irrésolues, chassant les pensées licencieuses nées du livre que l'Ingénieur lui a offert et grandies dans ses pages. Le fermier Abdol lui a demandé pourquoi il avait l'air pensif. Marié il y a deux ans et déjà père de deux gamins, Nasro a répondu que c'était parce qu'il gardait toujours le célibat. Elle n'est pas encore venue au monde, a-t-il lancé, feignant un ton plaisant pour ne pas montrer son embarras, celle que je voudrais épouser. Des rires. Et les villageois ont continué à diagnostiquer son malaise tandis que lui, plongé dans ses réflexions, se reprochait de ne pas avoir saisi sa chance. N'avait-il pas rêvé d'elle toute sa vie ? N'était-ce pas son amour secret ? Personne ne pouvait en plus le blâmer pour sa présence derrière la porte. L'avait-il emmenée, puis enfermée, dans sa baraque pour la déshonorer comme Joseph, d'après la femme de Potiphar, avait voulu déshonorer Zouleïkha ? Portait-il une tunique déchirée par-devant ? Le mollah connaissait on ne peut mieux le sexe faible, lui dont, tout comme Al-Aziz d'Égypte, la plus grande peur était de porter des cornes. Et si cette peur prenait corps ? Si son propre fils, ou le fils de son ennemi le muezzin, fruit amer d'un adultère, la rendait réelle ? Et il l'avait imaginé dans son lit, ronflant, pendant que son épouse jouissait des baisers de son beau-fils, de ses caresses, du glissement agréable de sa verge jeune le long de ses cuisses nivéennes. Et il avait bandé à cette idée. Jamais la victoire n'avait été si proche.

Ouvre, dit la voix. Et il s'empresse de soulever le loquet. La femme en fait autant, elle qui sait qu'il y en a un autre de l'autre côté de la porte. Celle-ci s'ouvre doucement et l'ombre se glisse dans l'échoppe. Incrédule, il la regarde mais n'arrive pas à bouger. Où est ton courage, ta virilité ? Où sont tes pensées licencieuses ? Les mille et un projets que tu avais à son sujet ? Soudain, il a l'impression que le mollah est derrière la porte qu'il vient de fermer. Pars, souhaite-t-il supplier à genoux, tout ça n'est qu'une illusion, un mensonge. Pars, sinon ton mari va nous décapiter à la hache ou au couteau, comme il le prêche souvent quand il parle de l'infidélité. Mais les mots restent bloqués dans sa gorge. Il entend le son glaçant du silence, un martèlement dans sa poitrine, un autre dans la poitrine de la femme ; entend la femme avaler sa salive. Elle est donc si proche, si réelle. Il sent l'odeur délicieuse de son corps, cet éternel parfum de coing, sent le monstre s'allonger, durcir, se dresser entre ses jambes, sent l'angoisse disparaître, faire place à l'oubli, à la témérité. Il saute sur l'ombre, la prend par la taille, l'allonge sur le lit, lui tire le *tunban*, le pyjama. Elle pousse un petit cri. Il continue à bouger au-dessus d'elle jusqu'au moment où il n'en peut plus. Le sperme jaillit sur le corps à demi nu de la femme qui se lève, s'essuie le ventre et l'entrejambe, remet ses vêtements et disparaît.

Debout au dernier rang, tandis que le mollah guide la prière matinale, il est envahi par l'image de la femme. Il sent de nouveau son odeur, son souffle, sa chair jeune. Elle se matérialise devant lui, allongée sur le lit, demi-nue. Ses lèvres, ses seins, son ventre, ses cuisses, son intérieur brûlant. Il parcourt son corps du bout de la langue, la chevauche. Et alors qu'elle gémit, qu'elle le prie de l'embrasser, d'aller plus vite, il voit sa verge soulever le devant de son pantalon bouffant. La voix du mollah le ramène à sa réalité austère.

Rien que des champs asséchés des deux côtés du chemin de terre. Maintenant qu'il n'a plus de monture, c'est l'Ingénieur qui le dépose à l'endroit où la route bifurque ; il passera le prendre à la nuit tombante.

— Mais non ! Tu ne vois pas qu'ils sont partout, les *batilan* ? – Malgré le ton sec du camionneur, le mot *batilan*, qui signifie faux et vain, fait sourire le jeune homme ; un calembour, une anagramme, comme *djahiline*, qui veut dire ignorants, ou encore comme *gomonist*, disparu, anéanti : ainsi l'Ingénieur raille-t-il de temps à autre les moudjahidines et les communistes. Ils t'auraient lapidé s'ils t'avaient surpris. C'était quand ?

— Il y a peu.

— Et tu me le dis maintenant ?

— J'ai eu honte.

— Une prostituée ?

— Oui.

— Où est-ce que tu as couché avec elle ?

— En ville. Chez un marchand, un ami.

— Et tu as mis une capote ?

— Non.

— Tu aurais dû.

— J'ai éjaculé à l'extérieur.

— Oui, mais les maladies…

— Elle n'était pas malade.

— Promets-moi que c'est la dernière fois.

Elle vient, elle ne vient pas. Voilà déjà deux semaines qu'il écoute les aventures de l'hidalgo de la Manche sans le suivre vraiment. Qui sont le curé et le barbier ? Qui est cette princesse nommée Micomicona dont le royaume est hanté par un géant que Don Quichotte doit tuer ? Les histoires se mêlent dans sa tête, les noms, les bagarres, les plaisanteries. Viendra-t-elle ? se demande-t-il. Et il se blâme de s'être comporté comme un ignorant, d'avoir oublié les préliminaires, les baisers, les *djân** et les *djégar** à lui susurrer, les caresses, de ne pas l'avoir fait jouir.

Dans sa main, un paquet de préservatifs. Il se masturbe. Le lendemain, un abcès apparaît au coin de sa lèvre supérieure.

— C'est un péché de ne pas se marier quand on en a les moyens, l'avertit Nasro.

Abdol montre son abcès d'un signe du doigt :

— Et un péché conduit toujours à un autre.

— J'ai eu un mauvais rêve et j'ai pris peur, rétorque-t-il, ce n'est qu'un bouton de fièvre.

— À condition que tu aies dormi, ricane Nasro. Ce qui n'est pas le cas vu tes yeux injectés de sang.

— Moi, Abdol, je te le dis : trouve-toi une petite paysanne, aie des gosses, une maison, un bout de terre, quelques animaux. C'est alors seulement que tu deviendras un homme.

— Ça suffit. Ne vous préoccupez pas à mon sujet, objecte-t-il.

— *Ne vous préoccupez pas à mon sujet*, l'imite Nasro, regardez comment il parle.

— Tu vois ? On commence à parler la langue des djinns quand on est seul, rit Abdol.

— C'est parce qu'il côtoie l'Ingénieur, raisonne Nasro.

— Chacun est maître de ses choix, dit l'Ingénieur lorsque, plus tard, il lui fait part de ce que les villageois pensent de son avenir. Si tu veux rester ici, oui, marie-toi. Mais si un jour tu décides d'aller découvrir le monde, il faut que tu sois libre.

Et si la fille du bijoutier voulait qu'il passe sa vie à ses côtés ? Si elle l'habituait à sa présence ? Elle ne pourrait pourtant jamais être son épouse ; seulement sa maîtresse, sa Dulcinée du Toboso, qui attendrait fiévreusement son retour s'il partait un jour.

Le retour de sa maîtresse coïncide avec une nouvelle annoncée par la femme à la radio qui l'a laissé tout ahuri : le mariage homosexuel autorisé aux Pays-Bas. Il pense à Zaki et à cette fin d'après-midi lointaine où ils avaient passé un bon moment ensemble, ici, dans cet espace sombre où il accueille sa belle-mère maintenant, ombre parfumée qu'il prend par la taille et qu'il allonge sur le lit. C'est le livre qui va le guider cette fois, pas à pas. Il l'appelle *djân* et *djégar*, l'embrasse sur la bouche, lèche le lobe de son oreille (chatouilleuse, elle peine à réprimer un rire), mordille son cou (non, non, pas de suçon !), descend, avec ses mains, le long de son corps, remonte, avec sa langue, jusqu'à son nombril, ses seins, redescend, tête enfouie sous la robe ample que la femme ne veut pas ôter, lui tire le *tunban*, se glisse entre ses jambes, met un préservatif et, d'un coup, s'abîme dans les ténèbres. Pourquoi avoir tant tardé ? Parce que. À cause du mollah ? Par précaution. Et s'il s'en rend compte ? Il ne doit pas. Quand reviendras-tu ? À la prochaine.

Comme tu as changé, lui dit la femme la fois suivante. J'étais derrière les rideaux le jour où tu es venu chercher le baudet. Un homme, un homme grand, un vrai homme. Et beau qui plus est. Tu avais quatorze ans quand le mollah t'a mis à la porte, et moi dix-huit. Depuis, tu ne m'as pas revue, pas une seule fois. Moi je te voyais parfois quand j'allais rendre visite à mes parents, et quand je rentrais. Toujours assis derrière ta caisse, là. Visage fermé. Silencieux. Tu ne me regardais même pas. Parce que tu avais peur. Ou peut-être parce que tu étais timide ou parce que tu ne me reconnaissais pas sous le *tchaderi*. Moi, je me disais qu'un jour tu allais me parler. Et me voilà. Dis-moi, est-ce que je te manquais ? Comme pas possible. À chaque instant. Depuis que je t'ai rencontrée. Je te voyais sortir de la maison et partir, sous ton *tchaderi* bleu indigo. Puis je te voyais rentrer. Mais je baissais les yeux parce que je ne voulais pas que tu saches que je t'épiais. Et quand la porte se fermait derrière toi, je craignais que tu n'en sortes plus. Quelle drôle d'idée ! Je n'allais pas me retirer du monde quand même. Sait-on jamais ? Et maintenant que je suis ici ? Et maintenant que tu es ici, j'ai peur que tu partes et que tu ne reviennes plus. Idiot, je ne vais pas te quitter du jour au lendemain. Mais il faut que je sois prudente. Tout dépend du sommeil du mollah, et de son opium. Son opium ? Ah, je pensais que tu savais ! Il en prend le soir pour pouvoir dormir, comme il dit. Et qu'est-ce qu'il fait quand il ne dort pas ? Chut ! Qu'est-ce qu'il y a ? Attends, j'ai entendu un bruit. Où ça ? À l'extérieur. C'est un chien. Et si c'était un taliban ? Ils croupissent dans leur trou à cette heure-ci, comme ton mari. Dis-moi, qu'est-ce qu'il fait quand il ne dort pas ? Je sais à quoi tu penses, idiot. À quoi ? T'inquiète, c'en est fini de lui. Comment ça ? Il est souvent mou, son bidule. À cause de la merde qu'il prend. Tu n'auras donc plus d'enfants ? J'en ai déjà trois. Ou quatre si je te compte. Moi je suis ton amant. Mon mari secret.

Libre comme l'air, comme le vent. Elle parle comme personne ne peut parler au village. Et à mesure que le temps passe, et que son va-et-vient prend un rythme régulier, elle se libère de plus en plus, lui confiant son histoire, ses premières années d'école en ville, un amour déçu à quinze ans, ses amies, toutes mariées depuis longtemps, et dispersées aux quatre coins du pays, les bijoux qu'elle possède mais qu'elle ne trouve pas l'occasion de porter puisqu'il ne se passe rien dans ce patelin perdu, joyaux enfermés dans une malle dont le mollah veut avoir la clé mais qu'elle ne lui donne pas puisque la trésorière, celle qui est toujours à la maison, c'est la femme, clé qu'elle porte toujours sur elle, ici, dans les goussets cachés de ses *tunban*. Elle lui fait aussi la confidence de ce que le mollah pense de lui ; de la ressemblance – histoire dingue racontée sous l'emprise de l'opium – qu'il voyait non entre lui et son fils mais entre son soi-disant fils et le muezzin que les villageois avaient lynché : leur taille, leur maigreur, leur tic à l'œil ; de la haine qu'il lui vouait pour cette raison ; et de sa volonté de tirer vengeance de sa mère, pécheresse abjecte, dont il broierait les os s'il retrouvait sa tombe, et de lui – d'où son expulsion de la maison. Il l'aurait même chassé du bled si sa belle-mère n'était pas intervenue. Forcer son rejeton à quitter le village alors qu'on vient de se marier, ce n'est pas de bon augure pour l'avenir. Que diraient les villageois ? Que tu t'es marié et que tu veux te débarrasser de ton fils à cause d'une femme ? Je ne veux pas qu'il vive sous le même toit que toi, avait crié le mollah. Dans ce cas, laisse-le vivre dans cette baraque, là, qui ne sert à rien. Il peut en faire une épicerie et il te rembourse. Comme ça, tu feras d'une pierre deux coups : les villageois sauront que l'adolescent ne peut plus vivre avec toi parce que tu as une femme jeune, et puis, tu auras des revenus supplémentaires. Bon, mais avec quel argent ? J'ai une bague que je ne porte plus, vends-la, mais qu'il me rembourse, moi. Et ainsi elle l'avait sauvé, non parce qu'elle avait envie de lui, pas à cette époque-là, mais parce qu'elle ne voulait pas que les villageois médisent d'elle. C'était donc elle qu'il remboursait depuis des années ?

Seulement quelques mois d'amour secret et les villageois constatent qu'il n'est plus la même personne. Il a pris du poids, il parle plus librement, mange avec appétit, se douche, si la mosquée ne manque pas d'eau, au moins deux fois par semaine, met des vêtements propres que Khâla lave tous les quinze ou vingt jours, se brosse les dents avant et après le sommeil, dort comme une pierre. Le jour passe et il pense à la nuit. Viendra-t-elle ? Elle ne veut pas qu'ils se voient tous les soirs (Je serai en ville pendant une semaine, chez mes parents). Elle aime qu'il l'attende avec impatience (Cette femme, je l'ai eue dans mon lit, se pourlèche-t-il les babines, la regardant s'éloigner, accompagnée du mollah et de ses fils, sous son *tchaderi* bleu indigo), qu'il sente le manque, puisque les hommes se lassent rapidement. Puis elle vient, à minuit. Qu'est-ce que tu ferais si je ne venais plus te voir ? Je me suiciderais. Arrête de dire des bêtises, je suis sérieuse. Mais pourquoi cette question ? Parce que. Tu es de mauvaise humeur, ce soir. C'est pas une réponse. Qu'est-ce que tu veux que je te dise ? Ce que tu ferais si je ne venais plus te voir. Je ne sais pas ce que je ferais. Tu aimerais te marier, n'est-ce pas ? Avec une petite villageoise ? Vierge, intouchée ? Je n'y ai même pas pensé. Et tu aimerais avoir des enfants, une dizaine. Mais doucement, on va nous entendre. Et une maison, un magasin, des animaux. Maintenant tu vas arrêter, dit-il, et il l'étreint, l'embrasse. Leurs corps s'entremêlent et ils font l'amour, lui qui ne cesse d'expérimenter de nouvelles positions, et elle qui dit non, pas comme ça, et de nouveau elle qui avec ta langue, et encore elle qui doucement, gentiment, et elle qui parle-moi, et elle qui encore, encore, toujours avec capote, sauf s'il s'agit de la gorge profonde, qu'elle trouve profondément dégueulasse. Mais le préservatif ne tient pas toujours, compte tenu de l'agitation de leurs corps. Elle s'inquiète, il s'inquiète. Un jour passe, et encore un jour, et soudain elle est de retour, tout va bien, j'ai mes règles. Et ils s'allongent fraternellement sur le lit pour parler de la pluie et du beau temps (Mais pourquoi tu les laisses s'installer sur ta terrasse à bavasser toute la journée ? Parce que je ne peux pas leur dire de ne pas venir me voir. Dans ce cas, ne leur parle pas. Je ne leur parle jamais. Cet Abdol, par exemple – c'est lui qui pue, n'est-ce pas ? –, tu sais ce que le mollah dit de lui ? Qu'enfant, c'était un voleur de poules. Je le connais, Abdol, c'est pire !) et écouter de la musique, tout bas, la radio collée à leurs oreilles (J'ai tellement envie de dormir ici, dans ton lit. Tu peux si tu veux, mais il faut que tu t'éveilles dans le lit de ton mari).

Puis cette nuit d'automne où la terre se met soudain à trembler sous ses pieds. Au début, il ne comprend pas ce qui se passe. Des centaines de personnes tuées dans des attentats aux États-Unis. Des cris, des hurlements. La femme de la radio semble être là, sous les tours qui croulent ; elle a le souffle coupé, la voix blanche ; elle ne cesse de répéter le mot *gratte-ciel* qu'il entend pour la première fois. Que se passe-t-il exactement ? Comment peut-on percuter une tour avec un avion ? La femme se tait ; une musique lugubre s'élève, s'arrête ; la femme revient pour répéter ce qu'elle a dit tout à l'heure ; elle le tiendra au courant de la suite des événements dès qu'elle en saura un peu plus ; mais en attendant, elle évoque l'assassinat peu avant, dans un attentat-suicide, du fameux commandant moudjahidine dont personne au village n'osait il y a deux jours prononcer le nom. Les soldats avaient pourtant brisé le tabou ce soir-là, criblant le ciel de balles, poussant des cris incessants, annonçant à leur tour la bonne nouvelle aux villageois. L'Ingénieur l'a sans doute appris à la radio, s'était-il dit, bien avant les *batilan*. Et qu'en pense-t-il ? Tel qui rit vendredi, dimanche pleurera. Mais les voilà riant de nouveau, cette fois-ci pour fêter l'écroulement des tours de Nimrod. On leur a sans doute communiqué la nouvelle depuis la ville, après quoi, chantant et louant Dieu, ils ont sorti leurs fusils et tiré encore une fois en l'air, l'obligeant à éteindre la radio et à attendre la fin de la fête. Il espère tant que la femme lui rende visite, et c'est ce qu'elle fait. Il lui raconte ce qu'il vient d'apprendre avant que le mollah ne lui en parle demain matin après la prière. Comment réagit-elle ? Enfant éternelle, elle lui pose des questions auxquelles il n'a pas de réponses non plus. Je demanderai à l'Ingénieur. Et elle : Comment se fait-il qu'il sache tout sur tout, ton pote ? Parce qu'il a beaucoup voyagé, dit-il, qu'il a toujours eu une radio. Et tu penses que tout ce qu'il dit est vrai ? Bien sûr, il n'a pas besoin de me mentir. Je n'aime pas que tu me parles toujours de lui. Mais c'est juste un ami.

— L'art de se faire des ennemis, lâche l'Ingénieur. Quel coup de grâce ! Maintenant ils fêtent leur bêtise, demain ils en feront leur deuil.

Le jeune homme n'a pas cessé de suivre les actualités depuis. Cris, témoignages, menaces. Que se passera-t-il demain ? Ils ne tarderont pas à venir, alerte-t-il la femme à son tour.

— Les Américains ?

— Le monde tout entier, dit l'Ingénieur, qui regrette de ne plus être jeune, comme hier, pour aller s'installer à Kaboul une fois les tueurs partis. Cette fois-ci, ça va être différent.

— Ils vont attaquer, tu crois ? s'inquiète la femme.

Ivres de joie, les soldats avaient célébré, sept jours et sept nuits durant, les noces de sang à l'autre bout de monde ; puis, soudain, le silence. Fallait-il rendre le milliardaire arabe, dont la femme à la radio n'arrêtait pas de parler, architecte des attentats, à l'ennemi ? C'est ce qu'avaient demandé les Américains, eux qui voulaient la peau du massacreur. Jamais on ne met un invité à la porte, avait hurlé le mollah depuis son minbar, et les braves soldats avaient hurlé à leur tour : Jamais ! Dans ce cas, l'attaque est sûre et certaine. Qu'ils attaquent !

Or le soir où une grande explosion le fait sauter hors de son lit, il n'y a plus aucun soldat taliban au village. À quel moment ont-ils gagné le large ? s'étonnent les villageois. Ils étaient pourtant là hier soir, disait le mollah qui les attendait pour commencer la prière matinale. Seul le jeune homme les avait entendus fuir à minuit. Une voiture qui était passée devant l'échoppe, à toute allure, suivie d'une autre ; le bruit s'était aussitôt affaibli ; et lorsqu'il avait ouvert la porte, il n'avait vu qu'un gros nuage de poussière couvrant la lune cuivrée d'automne.

C'est pourtant quand la grande explosion le fait sauter de son lit qu'il se souvient, non sans crainte, du coup de grâce dont l'Ingénieur parlait. Un jet survole le village toute la nuit, ravivant le souvenir d'un bruit horrible qu'il a connu, enfant. À ceci s'ajoutent les cris de gens et les aboiements de chiens. Les pilotes vont-ils détruire le village ? se demande-t-il, accroupi dans un coin de l'échoppe dont les murs lui semblent si fins, si fragiles. À quoi bon détruire un amas de taudis et tuer une poignée de paysans misérables ? Les soldats se sont sauvés depuis longtemps. Mais celui qui survole le village à bord de son jet ne parvient sûrement pas à distinguer un paysan d'un soldat. Que voit-il précisément lorsqu'il regarde en bas ? La noirceur totale. Il ferme les yeux et lance la bombe dont l'explosion déchire les ténèbres l'espace d'une seconde. Un petit sourire, et le jet continue à sillonner le ciel jusqu'à ce que le jour se lève.

— Où sont les autres ? rugit le mollah le lendemain matin. Un village tout entier et seulement dix personnes viennent à la mosquée. Bande de poltrons ! Ils pensent qu'une bombe peut les envoyer en enfer sans que Dieu le veuille !

— Et qui sait si Dieu le veut ou pas ? grommelle un villageois.

— C'est qui qui a ouvert sa bouche puante ? crie le mollah.

— Moi, j'irai plus tant que les jets sont là, dit Abdol, montrant le ciel nuageux du menton.

Nasro se lève, jette son *patou* ocre sur ses épaules et, tandis qu'il s'apprête à quitter le conciliabule coutumier, il prophétise :

— Et tant qu'il y aura un seul soldat vivant, les jets ne partiront nulle part.

Ce qui est vrai car, à peine le soleil s'est-il couché qu'ils reprennent leur parade. Le village sera-t-il anéanti cette fois-ci ? Quiconque y mettrait le pied croirait qu'il n'y a pas âme qui vive. D'autant que, chose impensable, le muezzin ne lance plus l'appel à la prière et le mollah ne se rend plus à la mosquée.

Il tremble comme une feuille, lui raconte la femme quelques nuits plus tard, n'arrive plus à se coucher malgré les quantités d'opium qu'il prend, n'arrête pas de me dire d'en donner aussi aux enfants pour qu'ils s'endorment et ne le voient pas dans un tel état. Mais qui peut trouver le sommeil en pleine guerre ?

Pas le jeune homme en tout cas. Enfermé dans son sanctuaire, il suit les actualités ; combats, fuites, captures, fusillades, victoire. Les vainqueurs entrent dans le village, à cheval, à moto, en voiture.

— On vous attendait depuis longtemps, leur dit le mollah, la tête enfoncée dans les épaules, les lèvres tremblantes, tout le village vous attendait – et aux villageois : n'est-ce pas ?

Et imagine ! Je le surprends en train de pleurer, continue la femme.

C'est à partir de ce jour-là qu'il ne cache plus sa radio. Posée sur la caisse, elle annonce des avancées dans différentes régions. Et, autour d'elle, les villageois, oreilles tendues et sourcils arqués. Soudain, un applaudissement. Sûrement une nouvelle ville qui tombe.

— Je savais que ces fils de pute allaient disparaître, crie Nasro.

— Nous le savions tous les deux, le corrige Abdol, j'avais même rêvé des jets.

— Les enculés, s'indigne le villageois enturbanné, ils m'ont volé mon coq et moi, j'ai rien pu faire.

— Moi, je pense qu'à ce rythme Kaboul tombera dans un mois, prophétise de nouveau Nasro.

Et Abdol :

— Je dirais dans deux à trois semaines.

— Demain, lâche le villageois.

Ce soir-là flotte dans l'air un parfum de folie. À la nuit tombante, on jette des rations de combat depuis des hélicoptères ; les villageois courent à droite et à gauche ; des gouttes de pluie effleurent les visages. Quelques heures plus tard, le mollah trouve finalement le sommeil, et la femme, elle est là, dans le lit de son amant, contente parce qu'il est content, fiévreuse parce qu'il grelotte de cette fièvre inconnue et affriolante. Les paroles de l'Ingénieur, lui qui n'est pas retourné à la mine depuis le commencement de l'attaque et qui lui rend visite chaque soir, sans crainte aucune, ne le quittent pas un instant, les paroles qu'il lui a adressées il y a peu, sur la vie et l'avenir, sur l'aventure, sans pour autant vouloir l'encourager directement à faire quoi que ce soit. C'est de lui-même qu'il a parlé, d'un désir devenu regret, celui d'être jeune et de lâcher la bride, advienne que pourra, le monde appartient à celui qui n'a pas peur, à celui qui, un bon matin, au sortir d'un sommeil calme et sans rêve, grille sa cigarette et, sans penser à rien ni à personne, se met en route, et vogue la galère ! De la folie pure. Une aventure qui le mènera à l'autre bout du monde, du plaisir, à cette terre glissante qu'est le vagin de la femme, étendue sur son lit, sous ce corps maigre qui ne cesse de remuer bien que son dernier préservatif soit déchiré. Et si je tombe enceinte ?

— Kaboul est tombé, s'écrie l'Ingénieur dès qu'il lui ouvre.

Il ne peut contenir sa joie tant il a attendu ce jour, fume cigarette sur cigarette, bavarde, refait le monde, pour le détruire, pour le refaire.

— Juste un mois et pouf !

Le jeune homme allume une cigarette mais ne dit mot, laissant l'ancien aventurier poursuivre son discours tonitruant, fumer de nouveau, évoquer encore une fois ce qu'il ferait s'il avait son âge, se lever, sortir en l'embrassant sur la joue. Demain matin, il partira à la mine pour voir si le travail a repris, et il reviendra demain soir. À demain soir, et le jeune homme ferme la porte pour affronter l'horrible réalité qui le prive de sommeil depuis que la femme lui a dit qu'elle était enceinte : elle a eu des nausées pas plus tard qu'hier. Et si c'était autre chose, un repas qui t'a rendue malade, un mal de cœur ou, qui sait, la joie commune que nous éprouvons tous les deux ? La femme n'est pas née de la dernière pluie ; elle sait ce que c'est que la grossesse. Mais ça fait à peine un mois, dit-il, désespéré. Qu'importe ! Elle ressent, comme dans les cas précédents, ces symptômes dès la troisième semaine. Son dernier rapport sexuel avec son mari date d'il y a quelques mois. Coït manqué, ou peu s'en faut. Le mollah n'avait pas encore commencé qu'il a vu son érection flancher petit à petit. Fallait-il continuer tout de même ? C'est ce qu'il avait fait jusqu'à ce qu'il éjacule deux gouttes de sperme. Si on tarde à bouger, le gars va te tuer, dit-il, dégoûté par ce que la femme lui raconte. Et s'il ne me tue pas, moi, aujourd'hui, rétorque-t-elle, furieuse, il va sûrement *nous* tuer demain quand il verra que son rejeton ressemble encore une fois au muezzin. Je ne ressemble pas au muezzin, s'emporte-t-il à son tour, ni à lui. Mais la femme ne l'écoute plus. Il faut que je me fasse avorter avant qu'il ne soit trop tard. Et où ça ? En ville.

Une étincelle et le voilà résolu. Lui aussi, il peut partir, maintenant. Qu'a-t-il à perdre ? Qui va pleurer son absence ? La femme, certes, mais elle sait aussi bien que lui qu'un amour pareil est condamné d'avance à se faner. Serait-elle jamais son épouse ? Impossible, quand bien même le mollah trouverait la mort un de ces jours. Quid de l'enfant qu'elle porte, le sien ? Elle va s'en débarrasser, en ville, chez la sage-femme qu'elle dit connaître ; reste qu'elle doit convaincre le mollah de la laisser partir. Qui paie les frais de la faiseuse d'anges ? Pas lui, bien sûr, puisqu'il n'a rien. C'est elle qui – tu n'as pas été prudent, mais je t'en veux pas – vend une de ses bagues ou un de ses bracelets. Et tandis qu'elle réfléchit à concocter un mensonge pour persuader son mari, il ouvre son sac pour compter l'argent qu'il a économisé loin des yeux du mollah. Il y en a aussi dans la caisse. Sur les étagères, paquets de chips, boîtes d'allumettes, bougies, et c'est tout ou presque, car il y voit également le gros livre sur les ablutions, qui traîne encore là. Un soulagement de savoir qu'il ne laissera rien d'important derrière lui. Mais est-ce suffisant, ce que j'ai ? Et il s'imagine dans une grande ville inconnue, à sec, sur le point de se perdre. À qui demanderai-je de l'aide ? Aux passants qui ne daignent même pas le regarder. Qui plus est, aucune possibilité de retour au village. Que la vie le contraigne un jour à trahir celle qu'il aime, non point en la quittant mais en lui dérobant ce qui lui est si cher, ses bijoux, voilà ce à quoi il n'aurait jamais pensé. Mais il y pense, désormais, à cette malle dont la femme porte toujours la clé.

Il trouvera le moyen d'entrer dans la cour une fois sa belle-mère partie en ville, par la porte dérobée, ou en escaladant le mur, pendant que le mollah guide la prière. Il se dirigera vers la chambre qu'il connaît, s'approchera de la malle, s'emparera des bijoux, et regagnera son échoppe où il cachera le trésor pour se rendre ensuite à la mosquée comme un retardataire. Et si le mollah s'en rendait compte en rentrant ? Il refermera la malle et ne lui laissera pas la clé. Mais, justement, la clé…

Lors de sa visite suivante, un mois, un an, un siècle plus tard – mois, an, siècle pendant lesquels il a souffert le martyre –, la femme lui paraît vieille, épuisée. Des jours et des nuits d'insistance et le mollah qui, chaque fois qu'elle le supplie, lui dit non, pas maintenant, tu es allée voir ta famille juste avant la guerre, et de nouveau lui qui ça suffit, personne ne quitte le village dans un moment pareil, et encore lui qui attend un peu, deux, trois semaines et après on verra. L'homme n'a acquiescé que lorsque la femme lui a raconté qu'elle avait rêvé que son père était mort. N'est-il pas vrai que personne n'est parti en ville depuis le début de la guerre ? Le village n'a pas été bombardé puisqu'il n'y avait plus de talibans ; mais en ville, il y en avait des centaines. Jamais je ne me pardonnerai d'être restée au village alors que mon père m'a priée de venir lui rendre visite pour la dernière fois. Et le mollah a consenti : C'est moi qui vous amène, toi et les enfants. Devrait-elle être contente d'avoir convaincu son mari ou inquiète de la présence de celui-ci ? Le mollah lui a toutefois dit qu'il rentrerait le lendemain ; la femme pourrait rester quelques jours auprès de ses parents, le temps que, subrepticement, elle aille chez l'avorteur, rentre, se repose sans montrer qu'elle souffre, et regagne le village, accompagnée de son frère cadet. Voilà les bracelets, j'en ai encore quatre, qu'elle vendra, demain, non, après-demain, une fois que le mollah aura quitté la ville. Elle les a mis ce soir, pour toi, idiot, parce qu'elle sait que c'est la dernière fois qu'elle les portera. Mais lui ne pense qu'à la clé, à l'endroit où elle la cache, cette poche, ici, qu'il touche en la déshabillant dans le noir. Est-elle fermée ? Avec un seul bouton. Sa main droite lui caresse les seins pendant que sa main gauche bataille avec le bouton, le défait, s'empare de la clé, la glisse sous le lit. Et maintenant cette traîtrise qu'on appelle l'amour. Demain arrivera mais il n'existera pas. La femme gémit, lui pleure. Il la prend dans ses bras alors qu'elle s'apprête à partir. Je reviens, idiot. Moi non, pense-t-il, prêt à éclater en sanglots. Et avant qu'elle ne franchisse la porte, doucement, sur la pointe des pieds, il lui demande de ne pas abaisser le loquet. Je veux croire que tu reviendras.

2

Me voici : affamé, courbaturé et mourant de soif à la fois, et tout cela à cause du chauffeur, ce salaud. Profitant de l'état déplorable dans lequel je me trouvais après m'être rendu en ville à travers les champs arides, le vieux lascar m'a installé dans le coffre grand ouvert de son véhicule couleur queue de vache et m'a promis, d'abord, de me donner la place d'un passager qui allait descendre avant moi, et ensuite, de faire une pause à midi à Salang, où nous pourrions déjeuner. J'ai accepté sur-le-champ, vu que je ne voulais pas rester dans cette ville une seconde de plus. Mais voilà qu'après des heures et des heures, alors qu'en attendant impatiemment que la voiture s'arrête et que le passager en question descende, j'étais contraint d'avaler des quantités de poussière tout au long d'un trajet infernal, je me trouve soudain à Kaboul. La rage au ventre, je claque le coffre et, sans dire adieu, me dirige vers le premier restaurant. Une demi-heure plus tard, je coule un gigantesque bronze et, ressuscité, monte dans un taxi collectif plein à craquer, en m'aidant de la carte de Kaboul, ville grise, que l'Ingénieur m'avait dessinée un soir d'été pour me montrer à quoi cela ressemblait. Mon sac, je le place entre mes jambes et, n'ayant pour vue que la grosse tête chevelue non du chauffeur mais de l'homme devant moi, flanqué du conducteur à sa gauche et d'un adolescent, coiffé d'un gros *pakol* dont les bourrelets lui couvrent à moitié les oreilles, à sa droite, je ferme les yeux. Un bruit familier, le glissement d'une cassette dans l'autoradio, me parvient malgré les coups de klaxon incessants et les bavardages des passagers, et puis la voix de celui que je connais grâce à l'Ingénieur et la cassette qu'il m'avait offerte, l'âme chantante de la capitale, lui dont l'existence, qui n'était qu'une orgie de chair, de vin et de bruits, a tourné court à l'intérieur d'une Mazda écarlate sur une route tortueuse qui reliait la vie à la mort.

Le taxi s'arrête non loin d'un immeuble à la teinte terreuse qui frôle le ciel. Les jambes lourdes et les épaules tombantes, je descends et, clopin-clopant, me mets à marcher le long de ce qui, d'après la carte, devrait être le lit à sec de la rivière de Kaboul. Avec ses hauts et ses bas, il ressemble non pas à un *il était une fois un cours d'eau* mais à une chaîne de montagnes composée de toutes sortes de déchets. La chaîne serpente et disparaît derrière une mosquée aux minarets bleuâtres de l'autre côté de la rue. Et dès qu'on la perd de vue, on l'oublie comme si elle n'avait jamais existé. Ce qui est justement mon cas aujourd'hui, lorsqu'une demi-heure plus tard je me trouve dans le quartier d'étudiants et d'ouvriers où l'Ingénieur était logé avant que je ne sois venu au monde.

Une bâtisse grise, percée d'impacts de balles, l'enseigne poussiéreuse d'un cinéma sans porte, de vastes latrines à ciel ouvert, jadis salle à manger d'une grande famille heureuse. À quelque distance de là, une foule de quidams surexcités massés autour de deux chiens qui se battent. Je traverse la route – cette voiture rouge feu venant de gauche dont le coup de klaxon me fait sursauter – et m'éloigne à pas précipités pour m'immobiliser quelques minutes plus tard devant la façade noircie d'un bâtiment à deux étages. Les fenêtres donnant sur la rue me font penser au jour où, caché derrière les rideaux, l'Ingénieur avait vu les chars se diriger vers le palais présidentiel. Le lendemain, un chef d'État serait fusillé par les partisans du futur secrétaire général du Parti démocratique populaire du pays des pachas échinés et des présidents pendus, étouffé lui-même par son propre protégé, élève dévoué qui, à son tour, serait criblé de tirs des Spetsnaz trois mois et des poussières plus tard. Je me tourne vers la rue pour voir les tanks passer et entendre les bruits, me retourne vers le bâtiment pour apercevoir le jeune étudiant qu'était l'Ingénieur à l'époque derrière l'une des fenêtres du deuxième étage. Où étais-je à ce moment-là ? Je n'existais même pas, mais le monde existait déjà. Que je loue une chambre ici veut donc dire vivre une vie qui, bien qu'elle n'ait pas été mienne, m'a poussé – comme je pousse, moi, à cet instant précis, la vieille porte d'entrée – vers l'avenir. Un grincement, et la porte s'ouvre. Charmante surprise : une souris sur l'escalier qui, à ma vue, se glisse dans son trou. Le temps abandonné, le temps moisi. Il n'y a personne à qui demander de l'aide. Je referme, prêt à m'éloigner. C'est alors seulement que je vois un papier jaunâtre collé en haut de la porte. Une annonce, ou quelque chose de ce genre, qui indique où aller si on veut louer une chambre ici. L'adresse, je la note, mais puisque je ne connais la ville que par le truchement d'une carte imaginaire, je demande à un passant ce qu'il faut demander à un tel passant.

Un quart d'heure ou plus de marche dans la poussière – tousser comme un tuberculeux et tituber comme un vagabond aviné – et me voilà enfin. Mais où suis-je ? Au grand marché. D'après l'annonce, c'est au magasin d'un certain hadji que je dois me rendre : vieillard barbu qui, assis sur un matelas dans un coin de son commerce, lequel pue le hasch, me toise des pieds à la tête tout en me demandant si j'ai assez de pognon ou bien si je lui fais perdre son temps. Je porte toujours ma veste, et j'ai mon sac dans la main, mais je ne lui montre pas ce que j'ai dans ma poche ou dans ma besace. Ne vous souciez pas de l'argent, lui dis-je. Le vieillard darde du regard son apprenti, un jeune homme qui lui ressemble de manière frappante, comme pour lui dire, tu vois, espèce d'abruti, il a le même âge que toi et il peut déjà louer une chambre, alors que toi, tu as toujours la morve au nez.

— Primo, il faut payer trois mois de loyer d'avance ; deuzio, il n'y a plus de chambre individuelle, tu auras donc un coloc ; tertio, rien n'est plus comme avant vu que désormais n'importe qui veut s'installer à Kaboul.

Et tout ça sans reprendre haleine.

Je hoche la tête.

— D'accord, mais montrez-la-moi d'abord.

Petite et insalubre, la chambre. Armoire, ustensiles de cuisine, matelas de sol, couvertures, vêtements, chaussures. Le premier lit appartient à un soi-disant carabin qui, un *patou* autour des épaules et un gros livre sur les genoux, ânonne des mots inintelligibles. Malgré sa taille modeste et sa maigreur squelettique, il porte une longue barbe, à l'instar du vieillard. Je le salue d'un mouvement de la tête ; il en fait autant. Le propriétaire se dirige vers le deuxième lit. Ici, ça sera ta place, près de la fenêtre. Et il ajoute aussitôt que, primo, vu la chute du roi (détrôné pourtant vingt-huit ans plus tôt) et, deuzio, compte tenu de l'explosion (mot qui me fait penser au cabinet d'aisances derrière le restaurant bondé de voyageurs à l'entrée de Kaboul, où, deux heures plus tôt, après avoir mangé comme quatre, j'ai posé culotte et boum) de la demande, il vaut mieux que j'annonce ma décision sur-le-champ. Je dis oui, sans hésiter, ne serait-ce que pour pouvoir revivre d'une manière différente ce que l'Ingénieur avait vécu au même endroit.

Il ne fait pas encore nuit quand le hadji tire sa révérence. Je le suis depuis la fenêtre : le vieillard a les poches pleines ; il marche prestement, sans prêter attention à son ombre obséquieuse qui court après lui. Un peu plus loin, la patte levée d'un gros chien contre un mur. Le chien m'aperçoit et s'éloigne. Le sac contre moi, je m'allonge sur mon lit et ferme les yeux.

Une lumière brutale me réveille le lendemain. L'étudiant en médecine n'est plus dans son lit, son gros livre non plus. Je me lève pour aller voir ce qui se trouve à l'intérieur de la grosse armoire métallique à deux portes et à deux tiroirs que mon coloc a oublié de fermer à clé. Que des vêtements traditionnels, et une vieille valise en fer, cadenassée, un tapis de prière, un coran, posé sur un lutrin, quelques bouquins aux feuilles jaunâtres, une collection de chapelets multicolores, un *meswak* usé, toute la lyre. La deuxième moitié du monstre, la mienne, est vide, et ouverte, elle aussi. Je m'approche d'un poêle à pétrole posé non loin de la porte. À qui appartient-il ? Je l'ignore. Et à qui appartiennent la marmite et les deux verres ? Je sais seulement que l'assiette est à mon coloc puisqu'il n'y en a qu'une, ce qui n'est sûrement pas le cas de la lampe-tempête et de la théière. Mais pour préparer du thé, il faut de l'eau. Je ferme la porte et me rends aux sanitaires : des chiottes sordides tout au fond du couloir, et un robinet rouillé, entouré de brocs et d'une barrique pleine d'eau brunâtre. Quant aux douches, rien. Pourquoi ce taudis, alors ? me dis-je. Ai-je fait tout ce trajet pour me retrouver à l'endroit d'où je viens ? Je pense un instant aller demander au propriétaire de me rembourser mais y renonce aussitôt. Je ne connais pas encore la ville comme il faut, il est donc probable que, après une dispute avec le hadji, je tombe de nouveau dans un piège de ce genre. De plus, trois mois, cela ne me paraît franchement pas long vu que je ne suis pas venu à Kaboul pour le quitter quelques semaines plus tard. Le temps de peser l'idée de cohabitation avec le carabin, d'ailleurs sosie de l'ennemi que j'ai fui, je me rends encore une fois aux sanitaires pour remplir la théière. Et maintenant, allumons le poêle à pétrole. Mais je ne trouve pas la boîte d'allumettes. La mienne, si mes souvenirs sont bons, je l'ai jetée après avoir fumé ma dernière clope avant d'entrer dans l'immeuble. Je croyais pourtant qu'un endroit où vit un mortel, fût-ce un trou à rats, devait être doté d'un brin de bois inflammable pour allumer un feu. Mais non. Et si mon coloc fumait comme moi ? Dans ce cas, il l'a sûrement prise, la sienne. Pourquoi ne pas sortir en acheter une, tout simplement ? À cause de mon sac, bien sûr : le laisser dans la chambre me semble dangereux, le trimballer chaque fois que je quitte la colocation encore plus. Et si je faisais l'acquisition d'une valise, la cadenassais en lui confiant mes sous et mes bijoux, et ressortais ? C'est justement ce que je fais, mais non sans peine. L'art de demander aux inconnus son chemin. Par là, me dit un quidam. Par là, dit un autre, pointant du doigt le sens inverse. Un troisième ne daigne même pas me répondre. Une longue promenade matinale et voilà que j'aperçois une brocante.

Bon, dit le quadragénaire édenté, se grattant derrière la tête, j'en ai une, j'pense, une valise, mais Dieu sait où j'l'ai fourrée. Et il avance vers le fond de sa boutique bourrée de chaises, *tcharpaï**, armoires, vaisselle, casseroles, aiguières, seaux, cordes, pots de chambre, balais, bâches, bêches, kilims, moquette, tapis de sol, matelas, oreillers, coussins, tapis de prière, fours, réchauds, poêles, bougies, lanternes, lampes-tempêtes, lampes torches, lampes à pression, *cheitan-tcherâgh**, ventilateurs, batteries, horloges, radios, magnétophones, cassettes, *daïra* (et un autre instrument dont j'ignore le nom : une grosse boîte brunâtre à clavier noir et blanc et à soufflet), *bartcha**, couteaux de survie, couperets, machettes, poignards, kandjars, fusils de chasse, et un kalachnikov, sans chargeur ni crosse. Je ne le vois plus car la brocante ressemble à un labyrinthe dont il est le seul à connaître la sortie. J'entends pourtant des bruits. Puis il réapparaît, traînant une valise en fer, sans cadenas. J't'ai dit que j'en avais une, ici, on trouve tout ce qu'on veut, âme d'homme et lait de poule. Et le cadenas ? Le brocanteur sourit. Il t'en faut combien ? J'en ai un qui pèse sept kilos ! Tu me crois pas, hein ? Sur ce, il entre de nouveau dans le labyrinthe. Viens voir ! Je le suis non sans hésitation. Et me voilà devant un monstre métallique. Alors, tu le veux ? Bien sûr que non. Je le savais, dit-il, arborant un sourire qui laisse apparaître ses gencives brunes, et il me montre d'autres cadenas, de toutes tailles. J'en choisis un, plus petit, oui, mais capable de protéger mon trésor. Et je paie, mets le sac dans la valise, la verrouille. Avec ça ? demande-t-il. N'auriez-vous pas une cigarette par hasard ? Il s'esclaffe. Tu viens de quelle planète, jeune homme ? *N'auriez-vous pas*… Pourquoi tu parles comme ça ? Tu me tues de rire. Allez, en ton honneur, fumons une sèche ensemble.

Le reste de la journée n'a rien de comparable avec la rencontre choc. Le gars était fou ; il a fumé, m'a forcé à fumer avec lui trois cigarettes d'affilée et, tout en allumant les clopes avec, d'abord, un vieux briquet à mèche, puis un briquet solaire et, pour finir, un briquet à gaz, âme d'homme et lait de poule comme je t'ai dit, et me soufflant la fumée en plein visage, il s'est moqué de ma façon de parler, de *gigolos de nos jours*, de ceux qui, *depuis si peu*, portaient déjà des pantalons qui leur faisaient *un derrière de gonzesse*, d'hommes sans barbes ni poils comme les femmes, *léchables*, d'un *petit enculé* qui, deux jours plus tôt, lui avait demandé s'il vendait des boucles d'oreilles – *un homme et des boucles d'oreilles !* – et ainsi de suite, et ainsi de suite. Au moment de partir, j'avais la tête prête à exploser. Mais quel type ! Et, chose étrange, lorsque, en le quittant, je lui demande combien je lui dois – trois cigarettes, c'est beaucoup ! – il me regarde droit dans les yeux et :

— Tu m'insultes, là, *kharkos khan** ! Un invité paie jamais !

Des excuses, et je me casse.

De retour à la chambre, je mets la valise dans la partie vide de l'armoire et ressors pour déjeuner (il est déjà midi), me promener (heureusement que j'ai pris la carte) et faire des emplettes (l'art dans lequel j'excelle) : huile, boîte d'œufs, d'allumettes et de thé, petite marmite, sel, poivre, riz, viande, oignons, tomates, pommes de terre. Peu après la tombée de la nuit, je m'arrête devant la boulangerie du quartier. Une petite lampe, suspendue à une poutre vermoulue, éclaire sa devanture, et un générateur vrombit quelque part à l'intérieur.

— Un nouveau venu, lâche le boulanger, assis derrière sa grosse caisse qui ressemble à l'instrument à clavier dont le nom m'est toujours inconnu.

— Comment le savez-vous ? dis-je, surpris.

— Je t'ai vu trimballer ta valise.

— Je suis arrivé hier.

— D'où ça ?

— De très loin.

— Et tu as fini par louer une chambre dans ce trou dont personne n'est content, sourit-il, me montrant d'un geste du menton le bâtiment où j'habite.

— Chacun est libre de ses choix.

— Tu dois être étudiant.

— Pourquoi ?

— Parce que tu parles comme eux.

— Ils parlent comment, les étudiants ?

— Comme toi.

— Je ne suis pas étudiant.

— Mais t'es pas ouvrier non plus.

— Non.

— T'es fugueur, alors.

— Je ne pense pas que ça vous regarde, rétorqué-je, agacé.

— Je plaisantais, sourit-il de nouveau, et, comme s'il m'avait déjà oublié, il plisse les yeux et se met à épier, à travers la fenêtre, deux ombres qui montent dans une voiture, de l'autre côté de la rue.

Le carabin a déjà allumé sa lampe-tempête et le poêle à pétrole quand, essoufflé, je rentre enfin. Je le salue, pose mes affaires dans un coin et attends qu'il termine sa cuisine pour faire la mienne.

— T'as manqué la prière de l'aube, l'entends-je dire.

Je crois un instant halluciner, ou bien sortir d'un rêve dans lequel j'avais l'intention de m'installer dorénavant. Et si je m'étais couché dans une ville et réveillé dans une autre ? Ou encore si le mollah, vengeur incurable, me poursuivait en envoyant ses messagers aux quatre coins du pays ? Un instant de silence et toutes ces horreurs qui me traversent l'esprit. Et pourtant la petite voix réprobatrice ne peut être que celle de celui qui, accroupi, fait dorer les oignons, dont l'odeur se répand, me semble-t-il, partout dans le bâtiment et, traversant le couloir et la rue, chatouille même les narines curieuses du boulanger.

Je réponds par une question :

— Tu vas finir quand ?

— Finir quoi ?

— La cuisine.

Il se tourne vers moi comme s'il n'avait rien compris.

— J'ai faim. Je veux me préparer quelque chose.

— Fais ce que tu veux, dit-il, m'adressant de gros yeux, et il m'explique que non seulement le poêle et la lampe-tempête, dont je tire profit de la lumière sans rien payer, mais tout ce qui se trouve dans la chambre, à part mon lit, mes couvertures, la moquette et une partie de l'armoire, celle de gauche – sa clé est là, dans le tiroir en dessous –, est à lui.

Le lendemain matin, c'est une voix rauque qui me secoue. Elle me demande d'aller faire mes ablutions. La mosquée est juste à côté, insiste-t-elle, mais il ne faut pas tarder, surtout que tu as manqué les prières d'hier.

Je ne suis ni éveillé ni endormi ; je flotte entre deux eaux, et je vis deux rêves simultanés, celui d'une forêt aux arbres et aux oiseaux parlants, et celui d'un cimetière. Puis je suis dans un cercueil ; je lève la tête pour savourer la brise matinale qui passe ; ça sent le sang.

Un coup de pied dans le vide et je m'endors. La voix me suit dans mes rêves, elle m'insulte. J'aperçois un homme à la barbe teintée de henné qui porte un fusil, et une foule d'enfants, tous en ocre. Je m'enfuis et la foule monochrome me court après, moi qui suis vêtu d'un habit bleu ciel, ample, sans manches. Avant que les enfants ne parviennent à me rattraper, je deviens vent et m'envole. Adieu, crie l'homme d'en bas, et il me tire dessus : bang !

J'ouvre les yeux. Mon coloc vient de rentrer. Visage renfrogné, il ne m'adresse plus la parole, ne me regarde plus. Il pose la théière sur le poêle, qu'il regrette, j'en suis certain, de m'avoir laissé utiliser la veille, prépare ses affaires, un sac crado dans lequel il jette son gros livre et un carnet, boit son thé, et s'apprête à sortir quand il se trouve, soudain, face à moi, moi qui le toise de toute ma hauteur.

— Réveille-moi encore une fois et je t'attraperai par la barbe pour te balancer par la fenêtre.

Il prend son sac et, sans dire un mot, ouvre la porte et disparaît. Il ne reviendra que le surlendemain.

Deux jours pour découvrir la ville, acheter ce dont j'ai besoin. Je trouve, le lendemain du départ du carabin, un marché aux puces où se vendent âme d'homme et lait de poule, comme disait le brocanteur. J'achète un matelas, un oreiller en plumes, des couvertures et des draps, une paire de chaussures et des vêtements : chemises, vestes, pull-overs, jeans, pantalons – dont un à pattes d'éléphant, si cher à l'Ingénieur, mais que personne ne porte plus. Je ramasse mes hardes d'antan pour les jeter dans les poubelles, c'est-à-dire dans le fossé devant l'immeuble. J'achète aussi un parfum masculin dont je ne parviens pas à lire la marque. Et des paquets de cigarettes. Puis rasoirs, lotions, shampoing, brosses à dents, dentifrice, préservatifs, cassettes, batteries, un miroir, un calendrier, une lampe de poche, une lampe-tempête, un poêle à kérosène, un magnétophone et un sac de cuir, grand, plein de poches. Je vais chez un coiffeur (l'homme à la barbe nouvellement rasée dont les joues rentrées sont d'un bleu si sombre qu'elles donnent froid dans le dos) dans l'après-midi, et je me fais faire une nouvelle coupe de cheveux, puis je vais au hammam (cette odeur entêtante de moiteur) et me frotte si intensément le corps que, une fois dehors, j'ai l'impression d'avoir changé de peau. Quand mon coloc rentre le lendemain, il ne reconnaît plus le jeune aventurier qui, allongé sur son lit, rêve les yeux ouverts. Nous échangeons quelques mots. Il me demande, à contrecœur, si tout va bien. Les changements l'ont surpris sans aucun doute. Je fais oui de la tête. Il a mal dormi, le petit (ces cernes noirs sous ses yeux de souris), et il a mal supporté ce temps qu'il a passé loin de son nid douillet (à peine s'étend-il sur son lit de roses qu'il sombre dans le sommeil).

C'est autour d'un plat que je prépare et de la nappe que j'étale, après lui avoir pardonné ses bêtises, que nous faisons un peu plus connaissance. Moi, je ne parle pas de moi-même – si, mais je m'invente : je viens d'une grande ville, et j'ai des parents éduqués, ingénieur et sage-femme ; lui est fils de mollah, il a passé les quatorze premières années de sa vie dans son village, avec son père, sous sa férule, puis est parti dans la zone frontalière du pays pour étudier les sciences coraniques pendant cinq ans. À la fin de son séjour, il est venu passer un concours dérisoire à Kaboul, comme le mollah l'exigeait, et il a décroché une place à la faculté de médecine grâce à ses connaissances religieuses. Un an d'études et les changements politiques ont fait que tout s'arrête et que tout change. Mais il ne s'en soucie pas puisqu'il s'intéresse plus aux sciences de l'âme qu'à celles du corps.

— Pourquoi faire médecine, alors ?

Parce que quand, un beau jour, tu rentreras au village un turban sur la tête et un diplôme sous le bras, lui avait dit son père, tu récolteras l'argent à la pelle, imbécile.

— Tout ça pour rentrer au village ? dis-je, bouche bée.

— Bien sûr, répond-il, il faut se méfier de la capitale. Dis-moi, ça fait combien de temps que tu es là ?

— Quelques jours seulement.

— Tu vois ? Quelques jours seulement et tu as déjà oublié ton Créateur.

— Qu'est-ce que ça veut dire ?

— Ça veut dire que tu pries plus.

Je recrache ma bouchée de riz dans l'assiette, prends mon sac, sors et ne rentre qu'à minuit. Et c'est tout, le début d'une longue semaine de silence mutuel. Le soir, il se couche après être rentré de la mosquée, éteignant sa lampe-tempête. La mienne, je la garde allumée pour songer à tout et à rien dans sa lumière bleuâtre, seul, un peu soucieux de demain et excité à la fois ; je la garde allumée surtout pour harceler ma bête noire. Puis je m'endors. Et lorsque je me réveille des heures plus tard, je ne vois qu'une petite flamme vacillante sur le point de s'éteindre.

— Encore un malheureux qui a fini dans ce trou, me dit chaque matin le boulanger dès qu'il me voit sortir. Et un autre, heureux celui-ci, qui a fini par le quitter.

— Tu verras, je resterai jusqu'au bout, moi.

Et, passant devant les petits commerces et le gros chien méfiant qui m'épie de loin, je me rends au carrefour le plus proche où se masse, dès l'aurore, une foule d'ouvriers. Certains assis à même le sol, d'autres debout. Une multitude d'yeux froids, de bouches closes, de visages ridés, de mains rugueuses, d'épaules voûtées et de poitrines maigres. Soudain, un passant s'immobilise et les yeux scintillent, les bouchent s'ouvrent, les visages se dérident, les mains cherchent celle de celui qui s'est arrêté, les épaules se redressent et les poitrines se bombent. Une gouttière à nettoyer et tant de monde. Le passant n'en peut plus de tous ces bruits qui l'assourdissent, et de tous ces coups de klaxon alentour. Mais voilà que, au moment où il veut tourner les talons, il entend cette petite voix séduisante qui lui chuchote à l'oreille. Excellente idée, se réjouit-il, et il choisit celui qui travaille beaucoup mais qui demande moins.

La foule est toujours là lorsque je me remets en route, monte le long des devantures vides, négligées, m'introduis dans la longue Ruelle d'Oiseaux dont seules deux échoppes sont ouvertes, négligées elles aussi, comme ces petits serins à la livrée jaunâtre qui ne chantent plus, en ressors, regarde passer des véhicules bruyants, nerveux, longe une montagne d'ordures, traverse un pont, passe devant une poignée de vendeurs de rue qui crient à pleins poumons, et des charretiers qui, transpirant malgré le froid, poussent leurs grosses voitures à bras, des chiens errants et des chats, des ânes faméliques et des chevaux, des carcasses de moutons suspendues à l'entrée d'une boucherie, des magasins de musique et de vidéos, une papeterie devant laquelle s'est assoupi sur son tabouret un écrivain public, le deuxième étage d'un restaurant, devenu depuis peu cinéma, d'où descend un groupe de gens, certains en colère, d'autres toute joie dehors. Un peu plus loin, je m'arrête devant le vieil appareil d'un artiste ambulant, vieux lui aussi, pour me faire, pour la première fois, photographier. Assieds-toi là, me dit-il, montrant d'un geste de la main une petite chaise, et regarde-moi. Puis il se met derrière sa grosse boîte en bois, sa *kamré fawri*, installée sur un trépied bancal, me fixe longuement, un peu à gauche, encore un peu, couvre le coffre, introduit sa main, grâce à une longue manche en tissu, dans la chambre noire et, bouge pas, un, deux, trois, tire le cliché un instant plus tard. Sur la photo, je suis vêtu d'une veste blanche et d'un pantalon noir ; mon œil gauche est à demi fermé ; mes pieds n'existent plus. Elle est belle, me complimente-t-il, garde-la parce que, toi aussi, tu vieilliras un jour, jeune homme, comme ce *Jeetendra**-là. Et il me montre, dix mètres plus loin, le sosie de la star bollywoodienne dont il m'a appris l'existence entre-temps : un sexagénaire à la longue chevelure ondulée, vêtu d'un pantalon évasé et chaussé de souliers à talons hauts, qui se regarde mélancoliquement dans la vitrine d'un salon de coiffure. Lui a gardé la sienne, celle que j'avais prise, moi, à l'époque où ils passaient *Roop Tera Mastana* au Cinéma Park, bien avant l'arrivée des Russes. Et s'il n'est pas encore mort de nostalgie, c'est grâce à cette photo-là.

Je ne mourrai jamais d'une telle absurdité, me dis-je, et je traverse la rue pour entrer dans un resto-bar où se produit ce midi, par le biais d'une énorme enceinte, l'Elvis de Kaboul et compagnie. Se frayant un chemin à travers les minijupes bariolées d'une

Le lendemain, le soleil est de retour.

À peine un mois et je crois avoir presque tout vu, les mille et un visages de cette ville que, un mois auparavant, au moment où j'étais descendu, sur les dents – et sur les rotules –, de la Volga déglinguée de ce salaud de chauffeur qui n'avait pas tenu sa promesse, je n'aurais jamais cru pouvoir connaître comme je la connais maintenant. Peu avant ma promenade coutumière, en sortant du restaurant dont le serveur, devenu mon ami depuis, me dit encore une fois combien il a hâte de revoir sa sainte putain qui, elle, ne pense qu'à son saint-frusquin, je me dirige vers les bouquineries, écharpes étalées à même le sol, boîtes rouillées, valises et brouettes dans lesquelles on transporte les livres le soir, pour acheter deux ouvrages dont les couvertures m'ont particulièrement plu : celle d'un vieillard moustachu qui, debout dans l'embrasure d'une fenêtre, me regarde les bras croisés, et celle d'une dame sur une plage suivie d'un petit chien.

— J'étais tankiste pendant la guerre, entends-je soudain crier quelqu'un derrière moi.

C'est un unijambiste qui, adossé à un poteau électrique vermoulu – le seul qui, malgré les impacts de balles, tient encore debout – agite sa canne. Trois tanks américains, les premiers que je vois depuis mon arrivée à Kaboul, passent devant une foule tombée du ciel pour rejoindre l'avenue centrale. Je les suis un instant du regard, paie le bouquiniste et, me frayant un passage entre les badauds qui courent à gauche et à droite, m'achemine vers la rivière où, près d'un pont branlant que je traverse presque chaque jour, un vendeur de grenades crie à tue-tête. Je le retraverse, le pont, et, chose étrange, j'aperçois, pour la première fois, de l'autre côté de la rue, à deux pas d'un saule solitaire, une petite boutique dont les murs en bois sont couverts de journaux. Pourquoi ne l'ai-je jamais vue avant ? me dis-je, et, curieux et surpris à la fois, je me mets à suivre les piétons.

Sa porte est fermée, il est vrai, mais la baraque a une petite fenêtre entrouverte. Je me penche pour jeter un coup d'œil à l'intérieur : deux silhouettes à peine visibles dans un nuage de fumée, entourées de toutes sortes de choses. Je toque, sans en avoir vraiment l'intention. Un visage apparaît. Il m'examine attentivement avant de se tourner vers la deuxième personne, qui se lève et s'approche de la fenêtre. Mon regard se pose sur la cigarette coincée derrière son oreille gauche.

— Tu viens d'où ?

— De loin.

— C'est la première fois ?

— Oui.

— Touriste ?

— Non.

— Étudiant ?

— Non.

— Ouvrier ?

— Non plus.

— Espion ?

— Mais bien sûr que non.

— Quoi, alors ?

C'est celui de taille moyenne qui mène l'interrogatoire. Je suis assis sur un tabouret, moi, et eux, qui jouent à un jeu que je ne connais pas, autour d'un plateau de bois carré. À ma gauche, un lit défoncé ; à ma droite, un autre ; au fond, deux valises rafistolées posées l'une sur l'autre, des couvertures, des chaussures et des sandales, un réchaud, une cruche, une marmite à vapeur, une poêle dont la queue est brisée au milieu, un thermos de thé, tout rond, un petit sac de riz, deux paquets de Petit Beurre, un plateau, des assiettes, des couverts, des verres et des bouteilles, une boîte vide de concentré de tomate dans laquelle se trouvent un tube de dentifrice coupé en dessous du bouchon et deux brosses à dents usées, disposées tête-bêche. Et des bouquins, un peu partout.

— Rien. Je vis ici.

— Et qu'est-ce que tu veux de nous ? me demande l'autre.

Des livres, dis-je à l'improviste, et j'ouvre mon sac pour leur montrer les ouvrages que j'ai trouvés chez les bouquinistes. Le grand, qui me semble soudain soulagé, passe la main à son adversaire et se met à lire les titres à voix haute.

— Chaque vomi de plume vaut pas la peine d'être lu, lâche celui de taille moyenne. Et, plaçant le palet de tir fauve sur la rosace la plus proche, il vise un pion blanc, collé à un autre, noir celui-ci, à l'autre bout du plateau. Ce scribouillard, par exemple, le plus grand exploit de sa vie était sa moustache. La petite dame, en revanche, n'est qu'une pauvrette, prête à croquer la pomme avec le premier venu.

— Ce livre-là, ça coûte combien ? dis-je, embarrassé, pour changer de sujet.

— Dis-moi combien tu as dans tes poches et je te dirai le prix, répond le grand.

Une pichenette et le pion noir rentre dans le trou.

— Tu habites où ? me demande celui de taille moyenne qui vient de manquer son coup.

— Tu aurais pu viser celui-ci, rit l'autre.

— Près de…

— L'important, c'est de pouvoir rentrer, rétorque son adversaire, sans me laisser terminer ma phrase.

— Achète plutôt celui-là, me propose le grand tandis qu'il vise, lui, le seul pion rouge.

Et il me montre d'un signe du menton un livre volumineux dont la couverture est manquante. Je l'ouvre, au milieu, et le premier mot que je vois est le nom d'un animal.

— Rucio !

Ô joie ! Comme si je revoyais l'Ingénieur ! C'était grâce à lui, et à la radio qu'il m'avait offerte, que j'avais fait la connaissance de l'ingénieux hidalgo manchègue et de son écuyer. Que de soirées passées en compagnie de cette histoire que, la nuit, j'écoutais clandestinement ! Une voix la lisait à la radio, voix qui devenait chantante de temps à autre, ou calme, ou câline, ou coléreuse, ou contestataire. J'aimais Sancho et son Rucio, nom que j'avais ensuite donné à un compagnon de route, et bien sûr, Alonso Quichano et sa bibliothèque. J'ignorais pourtant ce qu'ils étaient devenus vu que j'avais raté la deuxième partie de l'histoire. Et puis il y avait des moments où je m'aventurais dans d'autres contrées, charnelles cette fois-ci, ce qui m'obligeait à éteindre la radio.

— Dans ce cas, je te conseille d'acheter ceci, dit celui de taille moyenne, qui vient de rentrer le dernier pion, et il me tend un pistolet – dessin innocent sur la couverture d'un petit ouvrage –, lequel ressemble à un oiseau mort.

— Combien ?

— Ça dépend de l'importance de celui que tu vas descendre, sourit le grand.

— Et de ton sang-froid lors du passage à l'acte, ajoute l'autre.

— Et, surtout, du tueur idéal que tu aimerais être, continue son rival qui dispose de nouveau les pions au centre du plateau.

— Je ne tuerai personne.

— Ce qui veut dire que tu seras rien dans l'avenir comme tu l'es déjà.

— Du moins, pas un bon tireur.

— Mais vous délirez ou quoi ? dis-je tout de go. Est-ce que je vous ai parlé de tuer les gens ? Si je me trouve dans cette ville, ce n'est pas pour commettre des crimes, c'est parce que je caresse l'idée de découvrir le monde.

Un instant de silence et, soudain, les joueurs éclatent de rire. Je rougis jusqu'à la racine des cheveux. Une bêtise qu'il n'aurait pas fallu dire ? Malgré la bouffée de chaleur qui monte en moi, compagne toujours fidèle du rougissement, tout ce dont je suis capable est d'attendre que leur moquerie se termine.

— Mais, continue, insistent-ils, continue, nous t'en prions.

Rien qu'une simple phrase et toutes ces railleries, phrase qui n'est du reste pas mienne. Où l'ai-je entendue, d'ailleurs ? Dans une autre vie et à une autre époque ; qui plus est, de la bouche de l'Ingénieur, lui qui parlait ce soir-là du choix de son frère, et encore lui qui savait mille fois plus que ces deux messieurs Je-sais-tout. J'allume une cigarette, histoire d'arrêter de rougir encore. Une première bouffée et je tousse, tousse, tousse.

— C'est la première fois que tu fumes ? s'inquiète le grand qui se dresse à moitié pour me taper dans le dos.

— Tu *caresses* donc l'idée de découvrir le monde ? m'imite son ami, comme s'il ne voyait pas que la toux m'essouffle.

— Et pourquoi ça vous paraît bizarre ?

— Découvrir le monde ? Non, *watandâr**. C'est *caresser* cette merveilleuse idée qui est bizarre.

— J'ai le droit de caresser n'importe quelle idée, dis-je, hors de moi, comme et quand je veux.

— Ne *caresserais*-tu pas, par hasard, l'idée de dégager avant que je ne me mette, moi, à la *caresser* ? ricane-t-il.

Une fraction de seconde et je sens soudain ce mouvement convulsif à mon œil, écrase ma cigarette dans le cendrier, prends mes livres, jette le pistolet par terre et, vous êtes plus ignorants qu'un âne, ouvre la porte. Je ne suis pourtant pas encore sorti que celui de taille moyenne bondit et me bloque le passage, se plaçant exactement sous mon nez et me regardant droit dans les yeux :

— Qu'est-ce que t'as dit, espèce d'enculé ?

Figé sur place, je voyage malgré moi dans le temps. Une échoppe, une lumière pâle, deux adolescents. L'un debout, l'autre en levrette. Celui qui est debout pénètre celui qui ne l'est pas, et une odeur d'enfer se répand dans l'espace. Zaki, ami perdu, mon frère. Pourquoi je me rappelle seulement cette odeur alors que, maintes fois, tu as embaumé de ta présence ma petite vie pourrie ?

— Laisse-le partir, dit le grand.

Tout ce dont je me souviens après cette rencontre n'est qu'une longue errance cérébrale, et une colère qui monte, qui tombe, qui remonte. Je ne cesse de me demander si elle a vraiment eu lieu, mais ne trouve pas de réponse. Je rentre chez moi peu avant la nuit noire et, bien que mon coloc, ce futur médecin qui croit toujours que le souffle fétide du vieux mollah de son village sur le visage d'un enfant aux tempes volcaniques pourrait être plus efficace pour soigner son mal de tête que n'importe quel médicament, soit présent, je ne le regarde même pas. Je m'allonge sur mon lit et songe. Aucune envie de lire ou d'écouter quoi que ce soit. Je me demande si j'ai faim. Pas soif non plus. Je ne suis qu'une tête énorme ce soir, je n'ai ni bouche, ni ventre, ni anus.

Elle est toujours là, la baraque, le lendemain matin, mais je n'ai plus le front de m'en approcher. Je me remémore leur persiflage, et la réponse que je leur ai donnée, et l'insulte que j'ai essuyée. J'entre dans le restaurant dont je suis désormais un habitué et commande. Un jus de carotte me requinque, suivi d'une assiette de *palaw* aux raisins secs. Je ressors, sans prendre au sérieux ce que le nain me chuchote à l'oreille au sujet, cette fois, non de sa sainte putain ou de sa grosse salope mais de son connard de voisin l'ayant surpris, lui, ce petit homme pourtant presque invisible, lorsqu'il sortait de chez elle à minuit, et me dirige vers les bouquineries et la rue et le pont et la rue et la baraque. Tu vas tourner les talons, me dicte la petite voix condescendante dans ma tête, sur-le-champ. Et je m'éloigne de l'endroit pour me perdre encore une fois dans les ruelles de la vieille ville. Mélopées errantes, éclats de rire, bribes de paroles. Deux gamins jouent aux billes dans un coin ; deux autres courent après un chien ; le chien court après son ombre. Je passe devant des maisons mal famées dont les hauts murs en pisé cachent des mondes inconnus, inaccessibles. Une vieille porte s'ouvre, un homme en sort, le visage anxieux et le regard fuyant. Je l'entends grincer des dents quand il passe près de moi. Sacrée trouille, me dis-je, et je l'efface de ma mémoire comme s'il n'avait jamais existé.

Et pourtant, je ne parviens toujours pas à oublier les habitants de ce petit univers que j'ai eu la chance, certes courte, de visiter. Malgré notre querelle, et en dépit de l'insulte qu'on m'a adressée, quelque chose d'indéfinissable m'attire chaque matin vers eux. La façon dont ils me parlaient ? Leur manière de vivre ? Leur insouciance ? Ou encore cet étrange jeu de courses-poursuites entre le palet de tir fauve et les pions multicolores ? Une semaine de tergiversations et puis un jour je m'arrête devant la fenêtre entrouverte.

— Aie la gentillesse de lui demander s'il a juste continué de *caresser* l'idée de la *caresser* ou s'il l'a vraiment *caressée* ? demande celui de taille moyenne au grand de me demander à moi.

Je suis assis sur le même tabouret, une cigarette entre les doigts, et je regarde le grand regarder son camarade, qui ne daigne pas m'adresser la parole.

— Et n'oublie pas de préciser que je parle de la dame.

La blonde avec un béret qui apparaît un jour sur la côte, et son petit chien blanc qui court après elle. Une autre vie doit bien exister, se disait-elle à vingt ans, curieuse. Et elle prétextait une maladie pour s'éloigner de son mari, venir ici, marcher comme une folle le long du quai. Reprendrait-elle un jour goût à la vie ? Sûrement, mais après que le plus dur serait passé.

— Je l'ai vraiment caressée, m'entends-je dire.

— Et quid du monde ? Reste-t-il encore une île que notre Ibn Battûta ne soit pas sûr d'avoir découverte ?

Celle sur laquelle nous nous trouvons justement, cette baraque inattendue, insolite, plantée au beau milieu de la capitale. Qui sont ses habitants ? Que font-ils là, chaque jour ? D'où viennent-ils ? Le grand vient de rentrer de Machhad et, selon lui, qui ventriloque son ami, celui de taille moyenne de Peshawar ; ils ont tous deux trépassé avant de quitter Kaboul.

— Mais vous êtes vivants, dis-je, surpris.

— Sûrement, fait celui qui ne daigne toujours pas m'adresser la parole, et il agite ses mains potelées pour convaincre son interlocuteur qu'il ne rêve pas. Dis-lui que je peux même me lever et marcher.

— Laisse notre invité tranquille, le gronde le grand.

Et il me demande si, aujourd'hui, j'ai envie de jouer au carrom car, de toute façon, demain ou après-demain (autrement dit, plus ou moins trois mois plus tard, alors que, depuis une semaine, sacrée semaine pendant laquelle mille et une idées noires me traversent l'esprit au sujet d'une paire de bracelets, mon ombre longiligne se trouve chaque matin face à la porte condamnée de la baraque, les joueurs de carrom, reparus soudain, m'expliquent pourquoi ils avaient disparu, question dont la réponse se trouve dans une autre question, à savoir pourquoi ils, cousins d'ailleurs, croient ne plus être vivants, eux qui, lycéens, avaient échappé à la mort, ici, à Kaboul, grâce à un simple caprice tandis que leurs familles fêtaient la naissance d'une fille dans la grande salle de leur maison commune, à une centaine de mètres de deux adolescents, lesquels, assis sur le lit poussiéreux d'une pièce abandonnée au fond du jardin, bougent la tête au rythme de la musique qui leur parvient, vident une cigarette, émiettent le hasch, le saupoudrent d'un peu de tabac, l'introduisent dans le tube de papier devenu maintenant une parfaite roquette, comme l'appellent les jeunes, comme ils l'appellent, eux, et bougent la tête et rient, et bougent la tête et rient et cherchent cette putain de boîte d'allumettes qu'ils ne trouvent pas bien que celui de taille moyenne l'ait vue, il y a peu, de ses propres yeux, et moi j'en avais une moi aussi, dit le grand, lequel se met à fouiller ses poches, et la voici, elle s'était cachée, salope !, et il l'ouvre pour en sortir une allumette et frotter le bâtonnet en bois contre le grattoir, un, deux, trois, il est humide, merde !, et encore, un, deux, trois, et encore, un, deux, trois, et, soudain, boum !, et de nouveau boum !, boum !, trois missiles lancés par les moudjahidines qui tombent exactement là où se trouvaient les familles, là où elles ne se trouvent plus une minute, une heure, un jour, un mois, un an plus tard, un an plus tard celui de taille moyenne se rend au Pakistan, sans passeport ni visa, sans rien, et il travaille dans un caravansérail, un restaurant, une maison close, boit avec les clients, court le jupon, baise la maquerelle, se fait frapper par l'un de ses nombreux jeunes amants, le poignarde, au tournant d'une rue mal éclairée, une nuit d'hiver alors qu'il pleut à seaux et à torrents, passe un an, deux ans, trois ans, quatre ans, quatre ans et demi, dans une prison où il grandit, devient athée après avoir rencontré un derviche condamné à la peine de mort qui prétendait avoir lutté avec un ange et l'avoir mis à terre, apprend l'ourdou, le pachto, le bengali, le kashmiri, le panjabi, le gujarati, le sindhi, et l'anglais, un petit peu, je dirais un peu plus qu'un petit peu, *buddy*, car dans sa cellule vit aussi, depuis un certain temps, un espion aux yeux bleus – qui est, en même temps, un archéologue, un mathématicien, un professeur de sanskrit et d'avestique, un explorateur et, plus important encore, un chiromancien, laisse-moi voir d'où tu viens, où tu vas, et ce qui t'attend, ta vie aurait pu être très courte, *buddy*, mais tu as eu de la veine, ta venue au Pakistan, je la vois ici, ces monts et ces sillons, c'est pas pour rien, ton voyage, tes casse-têtes, et il me semble que tu éprouves une fidélité inflexible envers le petit bonhomme, ou disons-le plutôt en sanskrit, ton *upastha*, que t'as entre les jambes, c'est à cause de lui, n'est-ce pas, que tu es ici ?, mais bon, là, je vois que tu sortiras d'ici peu –, venant des États-Unis, ressort quatre ans et demi plus tard, recommence à travailler, d'abord dans un hôtel, et puis dans un magasin de musique et de vidéos, où, un jour, il tombe sur le film d'un petit aventurier américain qui, accompagné plus tard d'un esclave noir, fuit son père alcoolique, une veuve gentille, la ville, à la fois comme lui et non pas comme lui, lui qui, n'ayant compris l'histoire qu'à moitié, ressent soudain l'envie folle d'apprendre l'anglais et de revoir le film, ce qu'il fait en s'inscrivant à un cours de l'IRC*, un nouveau mot et son front s'épanouit, ou l'enseigne en alphabet latin d'un magasin qu'il arrive à lire et à comprendre, ou un panneau de signalisation, ou encore le titre d'un bouquin, ce bouquin qu'il trouve dans une librairie d'occasions, et qui, à sa grande surprise, porte le même titre que son film favori, il l'achète sur-le-champ et, tandis qu'il attend le jour où il pourra enfin le lire, et que, en même temps, il écoute ces drôles de chanteurs en vogue qui ne chantent pas mais qui parlent à perdre haleine et qui pourtant l'enchantent, des centaines de parasanges plus loin, à Machhad, son cousin, le grand, devenu adulte, travaille depuis longtemps dans un atelier de pierres précieuses, est capable, d'un seul coup d'œil, de faire la distinction entre une émeraude de Chivor et une du Pandjchir, et entre un spinelle de Badakhchan et un de Mogok, sait ciseler bagues, bracelets, anneaux, chapelets, chevalières, colliers, pots à kohol, se fait des amis qui disparaissent les uns après les autres, l'ouvrier qui chute d'un immeuble inachevé et qui meurt sur place, l'artiste de rue qui s'évanouit dans la nature, ou encore le lapidaire qui retourne dans son pays et qui ne revient plus, tombe amoureux d'une fille du tonnerre, laquelle n'est pas amoureuse de lui, deux rencontres au total, la première dans un bar à chicha souterrain, où l'odeur de tabac se mêle à l'arôme de pomme, de menthe et d'ananas, rencontre pendant laquelle la fille ne parle que de son admiration pour Jack le beau gosse et de son mépris pour Rose la rosse, tous les deux naufragés d'un seul paquebot, le *Titanic*, et pourtant, l'un, jeune et doux, dans le ventre d'un requin, et l'autre, fanée et amère, entourée de ses petits-enfants, et la deuxième à l'entrée de l'aéroport de Machhad alors que la bien-aimée entame son voyage sans retour vers l'ouest, se sent malheureux comme une pierre, écoute des chansons tristes, rencontre un jour un poète vagabond, exilé lui aussi, qui l'invite aux cercles sérieux où on n'évoque que des noms difficiles à prononcer, l'encourage à lire, à apprendre une nouvelle langue, le français par exemple, pour mieux vivre le calvaire qu'est la vie, et puis, quitte à jamais ce continent de merde et de misère, vieux !, ce qu'il fait, le poète lui-même, en se pendant dans sa chambre qui n'est qu'une cellule enténébrée dans un sous-sol méphitique, mais d'abord, il s'assure que son protégé a pris ses conseils au sérieux, qu'il lit même quand il manie ses outils, qu'il roule les interminables *r* de cette nouvelle langue même lorsqu'il rêve dans une autre, et qu'il est décidé à envoyer paître cette bête à cornes qu'est la mélancolie, puis, avant d'aller rejoindre les morts d'il y a sept mille ans, il publie un portrait du jeune homme naguère morose dans un magazine littéraire que les exilés lisent partout en Iran et parfois même en Inde et au Pakistan, voilà tout ce que je pouvais faire pour toi, dit-il, conscient de sa disparition imminente, moi je descends ici, mais toi, tu dois aller jusqu'au bout de tes rêves, lui, c'est mon cousin !, s'écrie un an plus tard l'employé du magasin de musique et de vidéos tandis que, feuilletant des journaux et des magazines poussiéreux dans la même librairie d'occasions, il tombe cette fois-ci sur le portrait de son camarade d'antan, beau et grand, moi aussi j'ai sûrement grandi, et maintenant il faut que je le trouve, que j'envoie une lettre au magazine, une simple lettre à laquelle, alors que celui de taille moyenne, impatient, commence à perdre espoir, son cousin répond quelques mois plus tard, et c'est ainsi qu'ils se retrouvent, et qu'il parlent d'un projet commun, de partir loin et de ne jamais revenir, tu as dû économiser, n'est-ce pas ?, très peu, comme moi, alors !, attendons la fin du mois pour qu'on nous paie nos salaires, je viens en Iran et on voyage ensemble, à notre rythme, rien ne presse de toute façon, on travaillera dans chaque pays pour payer les passeurs, l'important, c'est de partir, n'est-ce pas ?, partir avant que l'hiver n'arrive, mais avant que l'hiver n'arrive arrive le malheur des tours qui s'effondrent, et les cousins, attendons encore un peu, on sait jamais, et ils attendent, deux mois ou plus, et les voilà deux mois plus tard non pas à Paris ou à Londres mais à Kaboul où – on est d'abord allés frapper à la vieille porte en bois, la nôtre, qu'un quadragénaire nous a ouverte, que puis-je pour vous ?, vous habitez ici ?, avec votre permission !, depuis pas longtemps, n'est-ce pas ?, c'est ici qu'est né et mort mon arrière-grand-père, à vous de calculer maintenant ! –, oui, à Kaboul, où ils louent – on t'a dit qu'on l'avait louée ? on t'a dit ça, nous ? me demandent-ils, surpris, une semaine plus tard lors d'un soûlerie nocturne, et quand ça ? y a une semaine tu dis ? espèce de menteur, on t'a dit dès le début qu'on avait cassé à coups de pierre son cadenas rouillé et que nous nous y étions installés, c'est pourquoi le jour où on t'a vu derrière la fenêtre on s'est dit que c'en était fini de la baraque parce que tu venais de la part du gouvernement, mais bon, y avait rien dans ce trou, hormis des livres et des journaux – cette baraque qui dépend de la Bibliothèque publique qui, à son tour, dépend du ministre de la Culture, et voilà, c'est tout, tu sais tout sur nous maintenant), oui, demain ou après-demain, je saurai tout sur eux.

J'acquiesce, mais je dis que je ne connais pas le jeu.

— Rien de plus simple. Regarde-nous jouer et tu vas apprendre. À propos, moi c'est Sam… enfin, Sami, d'après mes parents, mais je préfère Sam… et lui Arman.

Je me présente à mon tour.

— Beurk, fais celui de taille moyenne, Arman, qui, après avoir saupoudré le tablier de fécule, dispose les pions blancs et noirs autour de la seule pièce rouge, alternant chaque fois les couleurs.

— Il faut qu'on te trouve un autre prénom, dit Sam.

Est-ce possible ? Depuis le jour où j'avais appelé mon compagnon de route Rucio, j'enviais sans cesse l'animal d'avoir pu si facilement changer de nom.

Pour l'homme, le nom était comme sa peau, ses mains, sa langue, son sexe.

— C'est pourquoi il a l'air d'un fils de moudjahidine, pense à voix haute Arman, et il envoie le palet de tir fauve percuter la rosace multicolore qu'ont formée les pions. Un soldat habillé en ocre orangé traquant un fugitif vêtu de rouge, suivis d'une foule en noir et blanc courant dans tous les sens sur le sol glissant qu'est le tablier de jeu.

— Je le suis.

Un instant de négligence et le mot m'a échappé. Je ne sais plus quoi faire. Rire tout simplement et leur dire que ce n'était qu'une plaisanterie ? Mais j'ai tellement rougi – je le sens comme d'habitude grâce à la bouffée de chaleur qui me brûle le visage – que je ne peux pas revenir sur ma parole. Je fais oui de la tête et, sous les regards à la fois ébahis et furieux des joueurs de carrom dont j'ignore pour l'instant le grand malheur, je dévoile à contrecœur mon identité. Fils d'un homme à la fois mollah et moudjahidine, il est vrai, mais la personne en question est morte depuis si longtemps que je ne me souviens même pas de son visage ; j'ai grandi chez mon oncle, feu l'Ingénieur, un simple mineur, ouvrier qui extrait le charbon, bien entendu, et non pas le militaire qui pose des mines ; je n'ai ni frère ni sœur, rien qu'une mère, morte elle aussi ; j'ai quitté le village très jeune pour gagner ma vie dans d'autres villes, ce qui fait que j'ai suffisamment de pognon maintenant que je vis à Kaboul.

— Vraiment ? Et comment tu le dépenses ? me demande Arman, soudain impressionné, sans qu'aucune trace de l'étonnement et de la fureur d'il y a quelques secondes subsiste dans son regard. Est-ce que tu t'arroses la dalle avec ?

L'expression m'est inconnue, mais je dis oui tout de même. Le gars n'en croit pas ses oreilles.

— Et les rosières ? dit Sam, qui rentre non pas son pion mais celui de son adversaire dans un des trous. Tu les as jamais arrosées ?

Encore un piège. Or, cette fois, de peur de m'exposer de nouveau à leur risée, j'avoue simplement que j'ignore ce dont ils parlent. Dommage, déplorent-ils en faisant la lippe, mais bon, c'est comme ça, puisque tu es un garçon honnête, on te prête le pistolet à condition de t'en servir avant de nous rendre visite la prochaine fois.

— Et alors ? me demande Arman deux ou trois jours plus tard.

Je suis assis sur le tabouret et, en face de moi, Sam et Arman, installés autour de leur tablier. Bien qu'ils aient soigneusement disposé les pièces au centre du plateau – cette fois, c'est la foule qui entoure le fugitif et le soldat qui les épie de loin, prêt à bondir à tout moment –, ils ne jouent pas au carrom aujourd'hui.

— Aurais-tu appuyé sur la détente si tu avais été à sa place ?

C'est à ce malheureux dont l'histoire m'a laissé tout abasourdi qu'ils font allusion : un quadragénaire tout à fait normal qui, un jour de printemps, alors qu'il s'allonge sous un arbre, s'aperçoit soudain qu'il entend un bruit bizarre, celui d'un tout petit bourgeon apparaissant sur une branche deux mètres plus haut. S'ensuivent les bruits de l'apparition de deux autres bourgeons, de la montée lente d'une longue ribambelle de fourmis qui grimpent sur le tronc, du battement du cœur d'un piaf nouveau-né dans son nid, de celui des ailes d'un papillon qui vient se poser sur ses cheveux, d'une brise si légère qu'elle passe sans même avoir effleuré son visage, du mouvement du sang dans ses veines, dans les veines de cette fillette qui, gambadant, passe devant lui, et du froufrou de sa jupe. Il les entend tous et il entend en même temps les bruits normaux, celui d'un camion gravissant une colline, d'un avion survolant la ville, ou encore de deux individus qui se saluent. Il se lève et entend les craquements de ses os, traverse la rue et entend la sirène d'une ambulance qui se déclenche de l'autre côté de la ville, ouvre sa porte et entend le cliquetis des clés dans ses poches tandis qu'il descendait, trois heures plus tôt, l'escalier. Il n'arrive plus à fermer l'œil : l'insomnie l'amaigrit, le rend pâle ; et le vacarme et les chuchotements le font geindre, gémir. Il se cogne la tête contre les murs, se bouche les oreilles avec de la cire, s'enferme dans sa chambre, tirant les rideaux et fermant les fenêtres, consulte des médecins, prend des médicaments, se rend chez une sorcière, prie Dieu, supplie le diable de le laisser tranquille. En vain. Puis un jour il rencontre un vétéran centenaire – et à demi sourd – de la dernière guerre. Va chercher le bruit le plus assourdissant qui soit, et tu seras guéri. Il s'invite à une cérémonie de mariage pour se coller, des heures durant, derrière celui qui, sans cesse, joue du *dohol*, suit un groupe d'hommes qui font sauter un pont et creusent un tunnel, se rend dans un pays en guerre pour entendre le vrombissement des jets et les boums, boums, boums des bombes qui tombent un kilomètre plus loin, rebrousse chemin. Le vieillard hoche la tête, je t'avais pourtant dit le bruit le plus assourdissant, et il lui tend un TT-33, son seul souvenir de guerre. L'homme ne demande plus rien, il remercie l'ancien combattant et, le pistolet dans la poche, rentre chez lui. Il tire les rideaux, ferme les fenêtres, s'assoit sur une chaise, pèse le pistolet, le lève, le colle au trou de son oreille droite, pose son index sur la détente et ferme les yeux.

— Ce n'est pas une solution, dis-je, il va mourir et c'est tout.

— Oui, mais dès qu'il ne sera plus là, il n'y aura plus aucun bruit non plus, répond Arman.

— Mais enfin, ce qui compte c'est la vie, non ?

— Ce qui compte, c'est de tirer ou de ne pas tirer.

— La mort n'est rien pour nous puisque quand nous sommes, elle n'est pas là, et quand elle est là, nous ne sommes plus, philosophe Sam.

— En tout cas, c'est une sacrée souffrance qu'il a endurée, dis-je. Il ne pouvait même pas manger sans entendre le crissement d'un invisible grain de sel sous ses dents.

— Et cette scène fantastique pendant laquelle il commence à pleuvoir, se remémore Sam. Il entend soudain la tombée des millions et des millions de gouttes de pluie.

— Et puis l'écrasement de chaque goutte contre le sol, s'écrie Arman.

— À propos, je suis passé vous voir hier mais vous n'étiez pas là. Il pleuvait des cordes.

— Où ça ? me demande Sam qui ne cesse de parler de sa scène fantastique.

Il gronde, le ciel, et la pluie se déclare. Je ne l'aime pas, la flotte, ne l'ai jamais aimée, elle ne fait que réveiller les souvenirs les plus lointains dans ma mémoire : la sécheresse et l'envie brûlante de voir une goutte ou un flocon tomber du ciel. Cela dit, je ne m'enferme plus dans le passé pour me priver de l'avenir, qui est justement là, dehors, dans une baraque-monde au bord de la rivière. Je prends mon petit-déjeuner, m'habille, me regarde dans le miroir, et sors. Debout au milieu de la rue, le gros chien hurle en direction du ciel. C'est la fin du monde, crie le boulanger depuis la fenêtre entrouverte. Ou bien le commencement d'un autre, m'entends-je dire, et l'idée d'acheter un parapluie me vient à l'esprit, petit toit portatif que je n'ai jamais eu. J'en trouve un chez un vendeur de rue, un arc aux sept couleurs comme disent les poètes, le déploie comme si je déployais un deuxième ciel au-dessus de ma tête, et me dirige vers mon quartier favori. Une vilaine grimace céleste et la ville a tout à coup changé de visage. Ce n'est plus la poussière qui y règne, c'est l'eau pluviale qui se transformera bientôt en fange et, plus tard, de nouveau en poussière. Je suis la foule pressée. Des bouquinistes, il n'y en a plus aujourd'hui, pas un seul. Je traverse le pont duquel s'approche, tanguant et titubant, un monticule d'ordures. Et si une inondation s'ensuivait ? Elle emporterait avant tout la baraque, me dis-je, moi qui y suis enfin parvenu, pantalon mouillé jusqu'aux genoux. Je n'hésite pas à frapper à la porte cette fois-ci vu que les gouttes de pluie ruisselant sur la vitre ne me laissent pas voir ce qui se passe à l'intérieur. Rien qu'un bruit sourd. Je toque encore une fois, plus fort, en vain.

Êtes-vous là ? Je fais demi-tour et, sous un ciel si bas qu'il pourrait me tomber à tout moment sur la tête, je cours malgré moi vers le passé.

— C'est sûrement à cause de l'histoire de cet homme et des bruits bizarres qu'il entendait que tu nous as pas trouvés. On était pourtant ici, dit Arman.

— Mais j'ai frappé plusieurs fois.

— Frappé où ?

— À la porte, évidemment.

— Cette porte ou cette porte ?

— Bah, celle-ci. Celle-là est une fenêtre.

Aujourd'hui, il fait beau. Bien que la fenêtre soit entrouverte, la porte reste toujours close. Nous fumons tous les trois. De l'extérieur me parviennent l'odeur agréable des haricots rouges et le sifflement continu d'une marmite à vapeur, la leur sûrement.

— Bien dit, s'écrie Sam, c'est effectivement une fenêtre.

Et Arman :

— Qui donne en plus sur une rivière asséchée.

Et de nouveau Sam :

— À ce propos, as-tu soif ?

Ils boivent de l'eau depuis que je suis ici, en petite quantité, et puis il y a cette expression du visage qui passe du sourire au renfrognement au sourire, et cette conversation qui me paraît décousue.

— Demande-lui plutôt s'il *caresse* l'idée de s'en jeter un, plaisante Arman.

— Parfois, on peut avoir soif sans le savoir, répond Sam. Hier, par exemple, on pensait que tout allait bien. Puis on a vu que le ciel faisait la gueule. On lui a dit bon, mon vieux, toi tu continues à pisser et nous, quoiqu'à sec ou presque, on va s'humecter le gosier. On s'est endormis je ne sais quand.

— Et aujourd'hui, dit Arman, on lève le coude parce qu'il boude plus, le ciel. Après quoi, il tend la main pour sortir une bouteille d'huile de tournesol cachée derrière les bouquins.

Et avant que je ne sache de quoi il s'agit, il me sert et sert Sam et se sert. Ils lèvent leurs verres, j'en fais autant, à la tienne, et cette langue de feu qui me brûle la gorge, la poitrine, l'estomac. Je suis sur le point de rendre tripes et boyaux. On me donne un verre d'eau que je vide aussitôt. Je remonte doucement la pente, un peu ragaillardi. Est-ce vraiment ce dont l'Ingénieur me parlait de temps à autre ?

— Tu nous avais pourtant dit que tu buvais du pousse-au-crime.

— Que je buvais quoi ?

— De l'alcool, traduit Sam.

C'est donc ça, la fameuse eau amère. Je commence maintenant à comprendre combien l'Ingénieur décrivait les choses par le menu ; il m'avait même raconté ce qui lui était arrivé la première fois qu'il avait bu. Le pauvre s'était mis à délirer dès la première gorgée, puis le vomissement, les pleurs, le relâchement, l'oubli.

— C'est reparti, crie Arman, servant de nouveau tout le monde. Cul sec !

Ça brûle encore, le casse-poitrine à la kabouliote, mais moins qu'avant. Il ne reste qu'un goût âpre dans ma bouche après que je l'ai avalé. Je suis de bonne humeur en revanche ; et ma langue, qui sait plus que moi comment se tenir, se met soudain à dire des choses que je ne dis jamais qu'à moi-même. Drôle de sensation de l'entendre vider son sac. Mais j'ai peur en même temps, peur qu'elle ne révèle l'irrévélable. Que ferais-je si Arman et Sam savaient que je ne suis qu'un fugitif ? Enfant terrible et amant perfide ? La dualité est surprenante : je suis ce que je dis en ce moment, mais aussi ce que je pense ; or ce que je pense contredit ce que je dis.

— C'est donc pour ça que tu es venu à Kaboul ? me demande Sam. Mais tu veux découvrir quoi, exactement ?

Ce que l'Ingénieur avait découvert : la capitale et ses couleurs, ses formes, ses odeurs, son énergie matinale et sa torpeur, son ivresse nocturne…

— Et j'en passe, me coupe Arman, qui en a visiblement marre de ma poétisation, et il prend la cigarette placée derrière son oreille. Tu as dit l'autre jour que, très jeune, tu voyageais déjà dans d'autres villes.

— Sauf qu'aucune ville ne ressemble à Kaboul, dis-je.

Et Sam :

— C'est parce que, un, c'est une ville-monstre, ce qui veut dire qu'elle mange ses propres enfants, et deux, une ville-fantôme, ce qui veut dire qu'elle est hantée par ces mêmes enfants qu'elle a mangés. Quiconque est né à Kaboul ne peut mourir ailleurs. Et quiconque y met le pied n'en sort qu'à moitié. Si seulement tu savais ce dont ce *theatrum mundi*, autrement dit, cette immense scène sanglante, a été témoin ne serait-ce que pendant les cent dernières années.

Ce qui est vrai car je ne la connais, la capitale, que grâce à l'Ingénieur, et l'Ingénieur, il ne la connaissait que grâce à son court séjour.

— Le spectre du passé plane toujours sur elle, ajoute-t-il, et, pensif, il grille une clope et nous ressert avant de se mettre à raconter une histoire que j'ai peine à suivre. Il était une fois un roi qui résidait non loin de là où on se trouve à présent, puis le roi est dans une roseraie, puis il est soudain à terre, abattu d'une balle dans la bouche, une autre dans le cœur, et encore une autre dans les poumons.

— Et c'est qui, le tireur ?

— Il vient de le dire, me gronde Arman.

— Un jeune homme de dix-sept ans, répond le conteur, calmement. Il a d'abord été torturé, lui, sa famille, ses proches et même ses descendants qui n'étaient pas encore nés et qui ne naîtront jamais. Et puis dévorés, tous.

Et il continue à parler du tireur tandis que je le vois s'éloigner de moi. Rien qu'une bouche d'où sortent des ronds de fumée. Et une mouche devant mes yeux. J'allume une cigarette. Un goût atroce et, de nouveau, une grosse envie de vomir. Je pousse le tabouret et m'assois par terre. Et, alors que je me sens au bord de l'effondrement, je m'empare de mon verre et le lève. Soudain, les joueurs de carrom sont écroulés de rire.

— Qu'est-ce qu'il y a ?

— Rien.

— Pourquoi vous rigolez, alors ?

— Parce que…

— Vous n'êtes que des ignorants.

— Tu l'as allumée à l'envers, Einstein *sahib*, dit Arman qui ne cesse toujours pas de rire.

— Soit, mais vous êtes des ignorants quand même.

— Et toi, me lance Sam le francophone, assis à l'autre bout du plateau, tu es soûl comme la bourrique à Robespierre.

Je tâtonne aveuglément pour trouver mon verre. Il n'est plus là, ce qui veut dire que les voyous l'ont caché. Je leur demande de me le rendre immédiatement, et plein, qui plus est. Ils s'esclaffent de nouveau.

— Tu l'as dans ta main !

Je dis, encore, servez-moi.

— À condition que tu répondes à une devinette !

Je ne sais plus qui me parle : il y a Sam et Arman dans la baraque, et puis il y a un deuxième Sam et un deuxième Arman.

— Trois hommes entrent dans une chambre vide et ferment la porte, disent les doubles. Deux heures plus tard, six hommes en sortent.

— La chambre a une porte dérobée.

— Non.

— Dans ce cas, y avait déjà trois personnes dedans.

— Elle est vide je te dis !

— Comment tu le sais ?

— Mais c'est la règle du jeu !

— Quel jeu ?

Ils en ont apparemment ras le bol car ils ne me répondent plus. Je jette mon verre par terre et crie :

— Servez-moi ou je pars.

Et je m'en vais pour y revenir le lendemain, et le jour d'après, et les jours qui suivent.

— Si seulement tu avais été là hier, me raconte le boulanger, assis derrière sa grosse caisse, encore un qui a quitté ce trou. Il charge ses affaires dans une camionnette, fait le tour de l'immeuble, ramasse des cailloux, s'arrête, là, devant la chambre qu'il louait, et, une, deux, trois vitres qui volent en éclats.

— Lesquelles ?

— Celles-là, mais on les a remplacées.
— Le jour même ?
— Le jour même.
— Et le locataire ?
— Ce gars, j'ai l'impression de l'avoir déjà vu quelque part, dit-il, changeant soudain de sujet, désignant d'un geste un passant.
— C'est possible. Mais dis-moi, est-ce qu'on l'a laissé partir comme ça ?
— De qui tu parles ?
— Bah, du locataire !
— Aucune idée.
— Mais tu étais là, quand même.
— Y avait que ce gros chien. Il pleuvait, en plus.

Il pleut, il neige. Les jambes sous les couvertures, nous nous asseyons autour d'un *sandali* de fortune, le bon vieux plateau du billard indien doté maintenant d'une épaisse planche en dessous et de quatre petits pieds, placé sur un brasero rempli de braises. Il fait agréablement chaud, et nos discussions enflammées tournent autour de tout et de rien. Qui est la première personne à avoir importé le pois chiche à Kaboul ? Un prince curieux, peut-être. Ou peut-être un simple voyageur. La réponse est Lady Sale, ce grenadier en jupons comme on l'appelait, qui avait fait le tour du monde en compagnie de généraux et de cipayes. Et quelle est la pierre précieuse la plus rare au monde ? Le spinelle de Badakhchan. Non. Dans ce cas, c'est sûrement l'émeraude du Pandjchir. Non plus. La pierre tombale du mollah Nasreddine, alors. Le padparadscha, malheureux. Et qui est cet inconnu qui apparaît un jour dans une taverne à Baltimore portant le masque de la mort rouge ? Un clown, sûrement. Oui, mais un clown qui s'appelle Mort. Et pourquoi la mort porte-t-elle un masque rouge et non pas noir ? Pour nous rappeler qu'elle n'est pas toujours aussi sombre qu'on l'imagine, elle peut être gaie comme la vie qui ne l'est d'ailleurs pas souvent. Et si on changeait de sujet ? J'étais un loup dans ma vie antérieure, dit Arman. Et moi, j'étais un cheval, dit Sam. Ou un âne, rectifie le loup. Et toi, un chien, rétorque le cheval. Arman était un volcan, Sam un puits, et moi une rivière, dis-je pour clore la discussion. Mais ce n'est que le début d'un débat arrosé de postillons, après quoi on décide, comme d'habitude, d'aller régler nos différends en nous invitant à une fête amicale. La gnôle, c'est moi qui l'achète, toujours, mais ce sont Sam et Arman qui m'entraînent dans les ruelles boueuses menant à l'huilerie, autrement dit au *bargâh* (c'est lui-même qui appelle son magasin un *royaume*), d'Alcoolov Alcoolovitch, alias Kâka Sarmast.

— Vous voilà de retour !

L'homme à l'haleine éternelle d'oignon, qui me connaît depuis quelques semaines, sait que si ce n'était pas grâce à moi, il n'aurait sans doute pas vendu tant de bouteilles en si peu de temps. Un jeune homme fortuné, donc. Je m'en réjouis. Quoi de mieux que d'être traité de rupin ? Il crève d'envie de savoir d'où je viens ; tout ce qu'il parvient cependant à entendre de ma bouche n'est qu'une version fausse de la fausse version de ma vie que j'ai donnée à Sam et Arman.

— Encore un bourgeois !

Lui appartient au prolétariat ; sa vie de soldat n'est qu'une longue lutte contre ceux qu'il appelle les avaleurs sans valeurs ; il sert la cause même quand il vend de l'eau amère : deux types d'alcool maison qu'il fait lui-même, et qu'il verse ensuite dans des bouteilles d'huile vides ; l'olive étant légère et coûteuse, et le tournesol, fort et moins cher – ou l'inverse, selon son humeur, ou le temps qu'il fait, ou encore la fréquence des hoquets habituels qui secouent son corps.

— Mais comment se fait-il que tu sois à Kaboul alors que tes *camarades* d'autrefois font le tour du monde ? lui demande Sam. Soit tu n'étais pas communiste, soit tu craignais pas les barbus.

Arman attise le feu :

— Qui sait si lui-même n'en était pas un !

Kâka Sarmast commence à hoqueter. La barbe, c'est sa bête noire. Il vaut mieux avoir une queue que de porter une barbe, sauf s'il s'agit de celle de… (Connaissez-vous *Das Kapital* ?)… et de… (Quid de *Chto dielat ?*)… et de… (Que vous ne connaissiez pas *Anti-Dühring* ne m'étonne absolument pas !).

— Pourquoi tu es ici, alors ? répète Sam.

— J'ai pris la route de l'exil moi aussi, comme mes soi-disant *camarades*, que je qualifie de traîtres, mais, dès que j'ai su qu'on allait m'envoyer dans un de ces pays… encore ce hoquet de… j'ai décidé de rentrer. Depuis, je suis là, contrairement aux fuyards, et je continue de servir la cause.

— En ouvrant une huilerie ?

— D'abord c'est un travail, ce que tout honnête ouvrier doit faire, et deuxièmement, je vends pas seulement de l'huile, mes chéris, d'où l'auguste présence des bourgeois chez moi bien que… arrête, fils de pute !… bien que je les aie dans le nez.

Ce à quoi Arman, toujours imprévisible dans ses colères, répond par un Va chier, et il sort en trombe. Je paie, Sam prend les bouteilles, et nous nous apprêtons à quitter l'huilier qui, ayant vécu la même scène cent fois, se met à compter l'argent comme si de rien n'était. À bientôt, nous dit-il, certain de nous revoir tous les trois le lendemain, et le jour d'après, et les jours qui suivent.

Un matin, alors que je traverse la ville pour me rendre à la baraque, assis dans un taxi collectif, une coccinelle vient se poser sur mon pouce. Elle fait le tour de mes doigts avant d'ouvrir ses petites ailes rouges tachetées de points noirs et de s'envoler. La scène me fait penser à mon rêve, oublié, de la veille : armé d'un chapeau de paille, je chasse des libellules dans un champ d'émeraudes à perte de vue. Un quart d'heure plus tard, en passant devant les bouquineries, j'aperçois un nid d'oiseau au sommet du poteau électrique, auquel, je m'en souviens comme si c'était hier, s'était adossé le tankiste handicapé le jour où les chars américains traversaient la ville. Est-ce déjà le printemps ? me dis-je, étonné, et, de l'autre côté du pont où se trouve notre sanctuaire, mon regard s'arrête sur le saule solitaire en fleur.

Le beau temps commence par une mauvaise surprise. Le lendemain d'une journée typique de beuverie, alors que, lentement, mes pieds me dirigent vers la baraque, je me trouve soudain face à une porte condamnée et une fenêtre close. À l'intérieur, rien ni personne. Le lieu, pourtant si animé hier, ressemble maintenant à une maison qu'aucune âme n'a jamais habitée. Je toque à la porte et attends, en vain. Toque de nouveau et, comme en rêve, m'achemine vers la rivière, la longe, reviens, fais les cent pas sous le saule, frappe encore une fois, m'adosse contre la planche, toujours couverte de journaux, fripés par le soleil après les pluies diluviennes qu'on a connues, pour me souvenir du jour d'avant. Il nous restait encore un peu d'alcool qu'on a bu, puis on est sortis pour rendre visite à l'ennemi qui nous donnait à boire, puis on est rentrés et on a repris la fête, qui a duré je ne sais plus combien de temps. Une moitié de moi s'est endormie dans la baraque, l'autre est rentrée pour revenir le jour d'après. Un jour seulement et les voilà partis, disparus. Je jette un dernier coup d'œil à l'intérieur et, face à cette absence inattendue qui commence à m'effrayer, je rebrousse chemin. Le lendemain, ce sont les mêmes gestes qui se répètent, et le surlendemain, dès le petit matin. Je rentre à midi, abattu mais toujours incrédule. Le reste de la journée, je le passe chez moi. Je mange peu, je bois peu, je n'adresse plus la parole à mon coloc qui, d'ailleurs, se fiche de moi. Et ce, depuis le jour où, après avoir bu pour la première fois, j'ai perdu ma virginité stomacale et que les fantômes m'ont trimballé – trois bateaux rimbaldiens, s'en souviennent-ils – jusqu'à ma chambre. C'est toi-même qui nous as donné ton adresse, me disent-ils plus tard. Ils frappent donc à la porte, saluent l'homme barbu qui leur ouvre, entrent, m'allongent sur mon lit, essaient de parler au carabin, de l'assurer que je vais bien, que ce qu'il voit n'est qu'une petite mort, comme la sieste, ou encore comme l'orgasme, et attendent que celui-ci réponde par un mot doux ou un sourire entendu. Espoir vain car, l'imbécile étant imbécile, il crache furieusement par terre et sort pour disparaître dans la nuit. Le lendemain, il sèche son cours pour aller me dénoncer au hadji qui vient me voir le soir même. J'ai de nouveau bu ce jour-là, toujours avec les deux voyous, mais la moitié de moi qui est rentrée n'est guère soûle.

— Primo, c'est une chambre pas un *sâqi khâna*, hurle le vieillard ; deuzio personne n'a le droit de faire la fête ici ; tertio, ici, c'est moi qui décide.

Je hausse le ton à mon tour.

— Et quel idiot t'a dit que j'ai fait la fête chez toi ?

— Pourquoi tu m'insultes ? s'insurge le futur médecin. Tu pouvais pas te tenir debout.

— J'ai eu une crise, là, en bas du bâtiment, dis-je au propriétaire, je suis tombé dans les pommes, et deux types que je ne connaissais même pas m'ont sauvé la vie, c'est tout. D'ailleurs, demande-lui comment diable il sait si quelqu'un est bourré alors qu'il dit qu'il n'a jamais bu de sa vie ?

La petite souris balbutie :

— J'ai vu des gens fumer du hasch et devenir fous.

La pire réponse possible : lui-même passionné de l'herbe du pauvre comme on appelle ça ici, le hadji le toise de la tête aux pieds et :

— Tu sais que les grands soufis fumaient du hasch ? Tu sais ça, hein ?

Et il tourne les talons et claque la porte.

Dehors, la ville est soudain déserte. Sept jours et sept nuits d'attente et de recherche, et toujours aucune trace. Et si tout cela n'était qu'une hallucination ? me dis-je. S'ils n'existaient vraiment pas, Sam et Arman ? Si je vivais toujours au village et que ma fuite n'était qu'un souhait interdit, matérialisé seulement en rêve ? Or l'existence seule de la baraque réfute toutes mes hypothèses, ainsi que la véracité indéniable des souvenirs et la disparition, réelle, elle aussi, d'une paire de bracelets que je leur avais confiée. Qu'on m'ait si facilement trompé, ou qu'on m'ait abandonné du jour au lendemain comme on abandonne un chien errant, me met hors de moi. Je me ronge les ongles, grince des dents, donne des coups de pied dans la porte qui ne s'ouvre pas parce que j'ai du mal à introduire la clef dans la serrure, me dispute avec un chauffeur de taxi, gifle un petit mendiant qui se suspend à mes vêtements, ne répond plus au boulanger, lequel me parle de l'Apocalypse chaque fois qu'il voit les nuages printaniers couvrir le ciel, renverse l'assiette de mon coloc qui ne cesse de faire du bruit en mangeant, ouvre la fenêtre pour respirer l'air frais, soupire, m'allonge sur mon lit, me replonge dans mes petites histoires : celles de la dame et de son chien, du pistolet et de l'homme qui entendait un bouton de rose s'épanouir, de la mort la plus simple, la plus ordinaire, la plus triste d'un magistrat comme il faut, de l'amour fugace d'un jeune officier et d'une sauvageonne, de l'apparition, par un minuit sinistre, d'un étrange corbeau derrière la porte solitaire d'une chambre d'étude austère. Toute histoire a cependant une fin, et tout oubli finit par un resurgissement de la chose oubliée. J'ai une envie folle de boire, de causer, de me quereller, de tomber encore une fois dans les pommes. Ma moitié ivre me manque, et la moitié somnambule qui traversait le pont, les rues, le couloir pour rentrer chez elle.

Puis, un jour, alors que je rentre, triste, abattu et en colère à la fois, et m'allonge sur mon lit pour ne plus penser à rien, j'entends soudain quelqu'un frapper à la porte. Cela ne peut sûrement pas être le carabin car, les gardant dans ses poches jour et nuit, il n'oublie jamais ses clés ; le propriétaire non plus puisque, il y a peu, il a empoché les loyers ; pour ce qui est des voisins, je ne les connais même pas, ne les ai croisés que rarement. Je me lève pour aller ouvrir sans demander qui c'est.

Les disparus. Eux qui, après une attaque sanglante pendant laquelle je les accuse de tous les maux du monde, me confient enfin la tragédie que, jeunes, ils ont vécue, et puis l'exil et ses tourments, et ce retour qui n'en était pas un car plus rien n'était comme avant. Je suis désolé, dis-je, le regard baissé, je ne savais pas, vous ne m'avez jamais rien dit à ce sujet, c'est plus qu'une catastrophe, je le sais, moi qui ai également connu pas mal de malheurs dans la vie mais, et je suis encore désolé de revenir où nous en étions, quid de la baraque ?

Une longue histoire dont ils m'avaient d'ailleurs fait part, et ce le jour où on s'était vus et qu'on s'était rincé la dalle pour la dernière fois. Tous les deux m'avaient prévenu ce jour-là qu'ils allaient à tout moment être délogés de leur gîte à cause de la mauvaise réputation qui, depuis mon arrivée et nos soûleries quotidiennes, surtout la tienne, toi qui rentrais chaque fois après avoir bu, entachait la baraque, d'où justement leur disparition, et d'où la disparition de, mais pourquoi ce mot ?, tu nous avais dit toi-même la dernière, non l'avant-dernière, ou l'avant-avant-dernière semaine, que tu avais hérité d'une paire de bracelets de ta mère, et on t'avait proposé de nous les apporter, les bracelets, pour que, sait-on jamais ?, on les montre à un ami fiable, à la fois bijoutier et lapidaire (je voulais même te demander si t'avais pas hérité de quelque chose de précieux du moudjahidine qu'était ton père, ajoute Sam, auquel cas ça nous appartenait à Arman et à moi puisqu'ils nous avaient tout pris, les barbus, mais je me suis ravisé, valait mieux ne pas te taper sur les nerfs), et qu'on s'assure de leur authenticité, et voilà que tu nous les apportes justement le jour où on reçoit ce maudit avis d'expulsion, avis dont on te parle après avoir bu quelques verres, et toi qui, les larmes aux yeux, nous supplies – et nous qui disons non, c'est non ! – toi qui nous supplies, oui, de les prendre, les bracelets, d'aller les vendre, et de louer une chambre, ce qu'on fait justement après ton départ, mais à notre façon. Partir à Kandahar pour acheter une bagnole, avec l'argent des bijoux, bien sûr, vendus à notre ami fiable, et le peu d'argent qu'ils ont, eux. Suffisant pour acheter ni une Cadillac ni une Limousine, mais une simple Volkswagen munie d'une fausse plaque d'immatriculation et de faux documents. Désormais, le jour ils transporteront les gens d'un endroit à un autre, l'un étant chauffeur et l'autre caissier, toujours assis à côté du conducteur, et le soir, ils auront leurs petites couchettes et une taverne mobile dont la porte me sera toujours ouverte, moi qui serai remboursé petit à petit, si on gagne assez pour ne pas mourir de faim, bien entendu.

— Et la Volkswagen, elle est où ? dis-je.

— En bas.

Réconciliés, nous descendons bruyamment pour nous rendre d'abord à l'huilerie d'Alcoolov Alcoolovitch, située là où les ânes sont toujours les rois de la rue, puis pour prendre la voiture. Ainsi commençons-nous notre premier tour de ville, qui est l'aube d'une nouvelle vie, errante celle-ci, et gaie, et grande, et tapageuse. Elle débute à l'intérieur de la Volkswagen, continue dans des lupanars, des hammams, des cimetières, des théâtres, des parcs, des palais, se termine là où elle est née, en bas de chez moi.

Le lendemain, à cinq heures de l'après-midi, trois coups de klaxon sous ma fenêtre.

Quelques mois plus tard, tandis qu'une fin d'après-midi Arman et Sam me déposent près de chez moi après une demi-heure de leçon de conduite et une heure de débauche, qu'ils redeviennent chauffeur de taxi et caissier, et que, fatigué d'avoir bandé et débandé trois fois de suite, je fais la queue devant la boulangerie pour acheter un *naan*, une voix excitée m'interpelle. Je me tourne vers elle, et je vois ce visage épouvantable qui vient d'un autre temps, d'un autre monde.

— Te voilà enfin ! Je te cherchais au ciel et je t'ai trouvé sur terre !

Il me donne l'accolade, m'embrasse sur la joue. Son haleine sent le caca, sa joue gauche est deux fois plus grosse que celle de droite.

— J'ai une dent qui lance, dit-il. Ça fait mal quand je parle, mais te voir et ne pas parler…

Je demeure distant, immobile.

— Voyons ! Ça fait une paye ! Personne ne savait où tu étais parti, ni le mollah, ni l'Ingénieur, ni moi. La terre s'ouvre et elle te dévore. Et dire que je te croyais mon ami. Mais bon, les montagnes se rencontrent pas mais les hommes si. Dis-moi, qu'est-ce que tu fous ici ? T'habites à côté ? Tout le monde pense que t'as claqué. Mais te voilà à Kaboul ! Et ces fringues, ce visage sans barbe !

Il me traîne vers un coin pour libérer le passage à ceux qui attendent derrière nous.

— Laisse-les passer. T'es pas pressé, n'est-ce pas ? Dis-moi, est-ce que le mollah sait que t'es ici ? Non, il le sait pas, sinon pourquoi te chercher tant ? Le vieux, il a pas mal souffert ces derniers temps. D'abord, la mort de ta belle-mère. T'es pas au courant ? Ah, la pauvre, un sale voleur que personne n'a vu l'a tuée. Enceinte de chépa combien de temps. Le mollah va prier à la mosquée, seul, à minuit. Quand il rentre une heure plus tard, la femme est par terre, le crâne fendu, éventrée. On l'avait d'abord étouffée avec un oreiller et ensuite découpée à la hache, sans que ses fils s'en rendent compte, eux qui avaient sombré dans un sommeil tellement profond qu'on aurait dit qu'ils avaient pris de l'opium. Et tout ça pour quoi ? Pour lui voler ses bijoux, à la dame.

Je sens le sol se dérober sous mes pieds. La femme à la tête ensanglantée est là, devant moi, le ventre ouvert, les yeux cloués sur la malle, ouverte elle aussi, et vide.

— Le mollah s'est remarié y a peu, mais à quoi bon ? Il a tout perdu, les bijoux et tout.

Il continue à parler mais je ne l'entends plus, ne sens plus l'odeur nauséabonde qu'il exhale. Tout a un goût de sang autour de moi, même le *naan* frais. Je vois la femme, allongée par terre, ébahie. Crois-tu vraiment que c'était un voleur ? me demande-t-elle. As-tu jamais vu le mollah aller prier à la mosquée à minuit ? Même le matin, il arrivait après tout le monde.

— Tout le monde quitte le village, y a plus rien là-bas. On voit plus l'Ingénieur, il vient rarement à la mosquée. D'abord, c'est Nasro qui est parti, après toi je veux dire. Il m'a envoyé un mot en me disant de le suivre. Je me suis dit que si je restais au village, je finirais par manger de la… bref… il m'avait dit de le suivre mais n'avait pas donné son adresse, sacré Nasro, il avait juste dit qu'il habitait le quartier d'étudiants et d'ouvriers. J'ai trouvé le quartier mais je savais pas où aller. J'ai demandé – je m'en souviens comme si c'était hier –, j'ai demandé à ce boulanger s'il le connaissait. Et quoi ? Là, me dit le gars, dans ce trou-là. Mais c'était cher, le loyer, et le bâtiment, c'était sale, beaucoup de souris dans les escaliers. Maintenant on habite un peu plus loin, mais on a pas changé de boulangerie. Le gars nous connaît, il connaît tout le monde. Et toi ? Tu habites où ? Sûrement à côté, sinon pourquoi venir ici pour acheter du pain. Mais bon, je suis vraiment content de te revoir, Nasro en sera ravi, c'est sûr. D'ailleurs, il part demain, Nasro, sa bobonne va bientôt pondre. Et toi, tu rentres quand ?

Au loin, je vois la Volkswagen qui s'approche. Soit je me sauve immédiatement, soit le passé va m'avaler.

— Rentrer où ?

— Bah, chez toi, au village.

— Quel village ?

Il écarquille les yeux.

— Et là, tu vas me dire que tu me reconnais même pas !

— Justement, qui es-tu ?

Les tire-au-flanc ont sûrement changé d'avis. C'est souvent le cas après la débauche diurne : ils me déposent, se remettent en route, trouvent des passagers mais ont la flemme, et si on s'amusait encore un peu, la nuit sans fête ne vaut pas la peine d'être vécue.

— Tu te moques de moi ou quoi ? Je suis Abdol.

Je bondis vers la voiture qui freine et qui redémarre sans me laisser l'occasion de fermer la porte. Il est temps de me noyer dans l'alcool avant que le chagrin ne me noie.

— Lève-toi, espèce de paresseux, me réprimande la voix, ne vois-tu pas que le monde s'est déjà réveillé ?

C'est l'oiseau d'antan qui est de retour ce matin ; il se penche sur ma tête pour me donner des coups de bec. Ça fait mal ; la colère monte en moi à mesure que les coups se répètent ; je me sens prêt à écraser le petit diable. Puis j'ouvre les yeux. Et au moment où je les ouvre, la rage fait soudain place à la pitié, à la nostalgie ; ce qui est à la fois étrange et normal vu mon état d'âme actuel. Mais ça, je ne le dis pas au pic, bien entendu ; c'est lui qui lit dans mes pensées ; il agite ses petites ailes et s'envole.

Maintenant c'est à mon tour de me lever et de partir. Où suis-je ? Dans une grande salle que je ne reconnais pas tout de suite. Le plafond est très haut, troué par endroits ; la dalle, fissurée, est couverte de détritus ; sur les murs lézardés, des inscriptions et des dessins absurdes et injurieux ; aucune possibilité d'existence jadis de fenêtres dans ces gueules de monstre qu'on appelle embrasures. Quelques piliers soutiennent à peine l'ensemble architectural, tout comme mes jambes peinent à porter le fardeau de mon être fantomatique. J'ai la tête qui tourne et la gorge qui brûle ; ma bouche, c'est un cendrier. Je m'assois de nouveau, m'adosse au pilier le plus proche, tousse, essaie de me souvenir de ce qui s'est passé hier soir. Je me remémore le début et le déroulement de la soirée : nos retrouvailles, la fâcherie infantile d'Arman, la visite qu'on a ensuite rendue à notre ennemi de classe et ami de boisson, les rituels à observer avant de finir par atterrir dans le palais, le jeu du carrom, dont je fus le gagnant pour la première fois, les changements de ton et d'humeur, la musique, celle que Sam et moi préférions, et non pas les paroles sans queue ni tête du fameux hâbleur américain, les circonlocutions, les bavardages, les larmes, les éclats de rire. Je m'en souviens, oui, de tout ça, et cependant (les gros buveurs rêvent eux aussi, il est vrai, mais – et c'est bien ici que les chemins se séparent –, tout en rêvant, ils rêvent déjà à oublier leurs rêves, car le seul rêve qui vaille est celui qu'on fait les yeux ouverts), et cependant, c'est comme si je me rappelais un autre temps, perdu et insaisissable, et un autre monde, loin et vertigineux. Puis, soudain, l'abîme.

Tu étais pourtant là, mon vieux, me dis-je, en chair et en os, de même que les voyous, couchés, comme tu vois, tête-bêche, sur leurs petits lits défoncés. Vous avez refait le monde tous les trois, réinventant la roue et redécouvrant la glace, et vous l'avez ensuite d'une chiquenaude défait. Cette grande salle en témoigne, son plafond et ses murs, sa dalle et ses embrasures, ainsi que ce billard indien renversé dont chaque pion se trouve dans un coin, ou encore le tapis de sol, les deux vieilles valises, toutes deux sans tirettes ni cadenas, le seau, la cruche, la bassine en aluminium qui fait office de lave-linge et cette corde entre deux piliers qui, elle, sert d'étendoir, le réchaud, la marmite à vapeur, ce petit magnétophone, le tien, et le sac de cuir qui, lorsque tu découches, se transforme en oreiller, et les bouteilles d'huile d'olive et d'eau, les verres et les assiettes, les feuilles graisseuses d'un journal qui te font penser au petit marchand grincheux, les bougies, les paquets de cigarettes, le tas de mégots, là, à ta gauche, et toutes ces voix brumeuses dans ta tête. Prends une clope et tâche de t'échapper de ce palais maudit.

Je grille une cigarette, la dernière, et essaie de quitter la maison Usher, sans réveiller les voyous qui, dès que j'ai ouvert les yeux, se sont mis, comme un fait exprès, à produire ces bruits haïssables. Sam ronfle sans discontinuer, il aspire le peu d'air frais qui entre par les embrasures sans fenêtres pour l'expirer deux secondes plus tard à l'aide de toutes les cellules de sa gorge irritée par l'alcool et par le tabac ; Arman, lui, ronfle comme il vit, somniloquant de temps à autre, s'adressant aux êtres invisibles qui peuplent ses nuits. Arrête de ruminer et sors, me dis-je encore, ou tu resteras à jamais ici. Mais je peine toujours à me tenir debout. D'ailleurs, sortir pour aller où ? pour quoi faire ? Rien de spécial ne m'attend dehors. Je n'ai pas faim non plus pour aller au restaurant et commander, comme d'habitude, un repas gargantuesque mais, il est vrai, ô combien j'ai soif. Il me reste – *dieux* merci ! – un peu d'eau douce, et beaucoup d'eau amère, dans une des bouteilles, et encore un peu dans une autre. Je les descends, les bouteilles d'eau douce ; et bien que je les aie descendues, je suis toujours capable de boire d'une traite une mer tout entière.

Si seulement j'avais bu une gorgée de plus, une gorgée d'eau, avant de prendre une biture hier.

J'étais d'ailleurs chez moi, enfin dans la chambre que je partage avec le carabin, et, quoique tendu et angoissé depuis cette maudite rencontre au début de la semaine avec Abdol, je lisais les aventures d'un jeune garçon américain qui, des années auparavant, avait incité Arman à apprendre l'anglais : bouquin que j'aurais sans doute jeté à la poubelle si j'étais tombé dessus à mon arrivée dans la capitale. Qu'on préfère dormir dans un tonneau alors qu'une chambre douillette est là pour nous accueillir, voilà ce que je n'aurais pas compris ; ou que des habits neufs nous gênent ; ou qu'on ne veuille pas qu'une veuve gentille nous *s*ivilise. Respecter les règles, c'est pénible, je sais, surtout quand on est obligé de se lever tôt, être présent à table, ne pas poser les coudes sur la nappe, se tenir debout, regarder manger les autres même si on a fini son repas, ne pas bâiller, se coucher à heure fixe. Mais il faut également penser à ce qui nous attend dehors si on dort dans un tonneau, à l'épuisement des provisions, à la tyrannie de la chaleur et à la terreur du froid, aux voleurs, aux flaireurs de chair fraîche, à la faune et aux fantômes ; il faut surtout penser à l'emmerdeur qu'est ton père. Voici ce que j'aurais dit au petit aventurier il y a moins d'un an, au moment où je suis descendu du coffre de la Volga déglinguée qui m'avait emmené à Kaboul. La fatigue y était pour quelque chose, l'angoisse que je ressentais face à la petitesse du passé et à l'infinitude de l'avenir, et la peur d'être retrouvé, châtié, ramené au trou à rats d'où je venais. Je lui aurais toujours dit la même chose un mois plus tard, ou encore au matin du jour où j'ai rencontré les voyous. Après, c'était impensable.

Il faisait encore clair lorsque, hier, traversant le couloir sombre qui sent toujours l'urine et dévalant l'escalier raide où se promènent de jour comme de nuit des rats et des souris, je me suis introduit dans le beau vieux monde. Après avoir klaxonné trois fois, les voyous m'attendaient devant la porte d'entrée. Nous nous sommes donné l'accolade et, bien que la Volkswagen ait été garée à deux pas du bâtiment, nous ne l'avons pas prise.

— On va où, là ? ai-je demandé pendant que nous nous dirigions, à pied, vers l'huilerie du quinqua alcoolique, située dans une rue bondée où il était impossible d'avancer en voiture.

Arman s'est immobilisé.

— Où tu veux qu'on aille ?

Sam s'est arrêté, lui aussi, un peu plus loin.

— On s'arrose la dalle, quoi.

— Je sais pourquoi tu nous demandes ça, a repris Arman. T'as envie d'arroser ta rosière.

Sam a presque crié :

— Oh non, pas aujourd'hui, j'ai très soif.

— Faut pas la gâter en lui rendant visite tous les jours.

— Une fois par semaine, ça suffit.

Et de nouveau Arman :

— Surtout que la garce sait comment manipuler les beaux gosses.

Ils parlaient de ma *djanetchka**, les voyous, de la belle habitante d'une maison close située au cœur de Kaboul. Je l'avais découverte tel Petchorine la malheureuse Bèla au milieu du printemps, et, qui plus est, grâce à eux. Malgré l'humiliation qu'on avait subie – moi indirectement – après avoir été chassés de la baraque, à peine sortis de notre refuge d'hiver, nous avions couru à perdre haleine vers les bordels de la ville, chauds comme la braise. De bonnes chairs, de mauvaises chairs. J'étais tombé sur une gourgandine dont la vulve gourmande m'avait d'abord dévoré puis vomi, une autre dont l'haleine sentait le sperme, et encore une minette qui, en voyant le manche de bêche dressé entre mes jambes, s'était mise à trembler comme une feuille. Leurs corps se refusaient carrément tous à me parler. Que je sois toujours prisonnier du passé, ou qu'une présence damnatrice me poursuive jusqu'à cette ville lointaine, voilà ce qui me mettait en colère chaque fois que je sortais, battu, d'une réunion charnelle avec une inconnue. J'en avais parlé à Sam et à Arman, sans avoir fait allusion à celle que j'avais abandonnée et qui, de toute évidence, ne m'abandonnait pas, mais ils m'avaient simplement ri au nez. En voilà des manières, avait ricané Sam, et Arman qui, avant chaque passage chez les putes, prenait le temps de me donner une leçon de conduite, était descendu de la voiture, avait ouvert la trappe d'essence, enlevé le bouchon et, introduisant son majeur dans le trou, avait crié : Je peux même niquer ça si la bite me démange ! Et il avait ajouté qu'il fallait tôt ou tard que j'apprenne à respecter la règle d'or – *find, fuck, forget* – et ne me soucie de rien d'autre. Après quoi ils m'avaient conduit à un autre prostibule dans la vieille ville. Ils avaient frappé du heurtoir, trois fois, et encore trois fois ; on nous avait ouvert ; et nous étions entrés dans le lupanar. Une courette toute ronde, et des chambres, côte à côte, certaines éclairées, d'autres sombres, puis un escalier en bois qui menait à l'étage. Une dame, une lumière à la main, était venue au-devant de nous, avait embrassé les deux voyous, leur avait souhaité la bienvenue mais ne m'avait même pas salué. Sam l'avait assurée de ma fiabilité. Si tu le dis, avait acquiescé la maquerelle. Et elle leur avait montré les chambres, libre, occupée, libre, occupée, occupée, libre. Sam avait choisi Leila ; Arman avait soupiré Sanam en empoignant ses testicules ; il ne me restait que Sanawbar, la vieille princesse pimbêche. Vingt minutes ou presque, et nous étions sortis du sérail. Et alors ? m'avait demandé Sam. Une vraie mange-bite, sa Sanawbar, avait répondu Arman, au volant. De la chair molle, sans goût, sans odeur. À peine l'avais-je embrassée sur sa petite bouche mécontente que j'avais débandé. Rester silencieux après le coït est un signe de contentement, avaient conclu les chenapans. Je préfère mourir vierge plutôt que de coucher avec des corps sans vie, avais-je crié, et j'étais descendu de la voiture sans leur avoir dit au revoir. Le jour suivant, ils étaient venus, eux qui saisissaient le moindre prétexte pour ne pas travailler, ils étaient venus m'emmener à un autre boxon – le dernier, m'avaient-ils promis –, situé dans une rue bien famée.

— Je n'y pensais même pas, ai-je menti.

Et, plaisantant, nous avons repris notre route, celle que nous prenions toujours pour nous rendre au centre et, de là, à l'endroit où se trouvait l'eau amère. De quoi parlions-nous pendant le trajet ? D'abord du carabin, comme toujours. Arman et Sam m'ont demandé s'il y avait du nouveau : une idiotie commise par mon coloc depuis la dernière fois que nous nous étions vus. Je n'ai pas pu répondre tout de suite car, Arman, Sam et moi, nous nous étions vus peu auparavant, le soir de ma rencontre avec Abdol. Nous avions bu, nous avions erré dans la ville, nous nous étions quittés vers minuit – ivres, mais pas ivres morts. Le lendemain, c'étaient la soif et la nausée qui m'avaient réveillé. Je me trouvais dans mon lit et j'avais la gueule de bois. Et quand on a la gueule de bois, on ne parle à personne, ne répond à personne, ne voit personne. On rumine son chagrin et on regarde le monde s'effondrer sans être capable de faire quoi que ce soit pour le sauver.

— Il m'a demandé l'autre jour pourquoi je côtoyais des *voyous*, ai-je enfin dit.

Arman s'est immobilisé de nouveau, cette fois-ci pour me demander d'un ton terriblement sérieux :

— Il t'a dit *quoi* ?

Et, d'un coup, il a tourné les talons pour aller donner des leçons au futur médecin. Il fallait donc que j'intervienne avant que l'inattendu ne se produise.

— J'ai plaisanté, ai-je crié, me reprochant d'avoir commis une bêtise pareille. N'étais-je pas un témoin impuissant de ce soir du début du printemps où, à peine au deuxième verre, l'âme colérique avait soudain eu l'idée d'aller *casser les dents* au carabin ? C'était encore moi qui avais mis de l'huile sur le feu, leur racontant, à lui et à Sam, combien le bon serviteur d'Allah détestait les grands sans-Dieu que nous étions ; mais je ne pensais pas qu'une telle évidence puisse le courroucer. Lui qui, à une autre occasion, avait voulu *rabattre le caquet* à un muezzin dont la voix l'avait irrité, et *péter le cul* à un commandant dont la Datsun avait soulevé un nuage de poussière qu'il avait dû avaler.

Voyou de taille moyenne avec sa clope éternelle derrière son oreille gauche, il s'est lentement approché de moi pour se placer, comme la première fois, sous mon nez et me regarder droit dans les yeux.

— Tête de con !

Vu sa colère dantesque (j'avoue que je n'ai pas encore lu le célèbre poème de ce fameux Florentin, mais les voyous m'ont cent fois raconté qu'il s'agissait d'une histoire pleine de bruit et de fureur racontée par une ombre errante), j'ai voulu reculer d'un pas.

— Mais c'était une blague, ai-je dit pour détendre l'atmosphère, sans avoir bougé.

Lui n'a pas bougé non plus.

— Allez, les gars, on va pas s'entretuer pour rien, est intervenu Sam le pacifiste, exactement comme ce soir du début du printemps où il avait dissuadé Arman de gâcher notre fête nocturne.

Soit. Et nous nous sommes de nouveau mis en route, toujours à pied, passant devant un bâtiment sans toit, porte ni fenêtres, trois maisons aux murs d'adobe dont les latrines ouvertes vidaient généreusement leur flot continu à l'extérieur, un restaurant jouxtant une agence de pompes funèbres jouxtant un salon de coiffure, une boulangerie, des vendeurs de rue, somnolents, et des colporteurs infatigables malgré l'heure tardive, criant et chantant, des voitures, carcasses mobiles, et des charrettes, limons en l'air, têtes religieusement posées sur le sol, une bande de chiens errants, et des chats, çà et là. L'odeur de carburant mêlée à celle des selles, de fumée, du parfum que j'avais mis derrière les oreilles avant de sortir, et de je ne sais quoi flottait dans l'air. Puis le bruit des générateurs. Et le brouhaha des ouvriers qui, un à un, quittaient leurs chantiers. Personne ne nous regardait, cependant, nous qui n'étions que trois fantômes dans une ville ressuscitée après un trépas si long, si pénible. Je me demandais si, malgré la réaction puérile d'Arman à ma plaisanterie banale, nous allions de nouveau passer la nuit dans des rues désertes, des cimetières et, pour finir, le palais en ruine, riant, pleurant, hurlant, nous insultant, nous faisant insulter par des insomniaques furieux. Les sentinelles ne nous embêtaient jamais tant nous nous étions croisés. Un bakchich de quelques gorgées d'eau amère, et elles nous léchaient les bottes.

À peine arrivé au vieux marché, j'ai eu, comme la première fois que j'y étais venu, la sensation d'avoir le cœur qui battait dans mon oreille. Sans doute à cause de la multitude vertigineuse d'yeux, de bouches, de visages, de ventres, de bras, de jambes, de gestes et de paroles que le temps, cette fin d'après-midi d'automne fugace, dévorait un par un. Les gens se bousculaient, s'arrêtaient au beau milieu de la rue pour saluer une connaissance, se marchaient sur les pieds, se querellaient. Je haïssais l'endroit car il me rappelait les jours de marché dans un bled à l'autre bout du monde où, jadis, un jeune homme de ma taille, heureux comme tous les heureux mais malheureux à sa façon, faisait des emplettes.

— Suivez-moi, nous a lancé Arman, toujours en colère, se frayant un chemin dans la foule.

Nous lui avons emboîté le pas, Sam et moi, bousculant à notre tour quelques quidams. Puis tourner à droite, s'introduire dans la première ruelle, avancer. Et nous voilà devant l'huilerie d'Alcoolov Alcoolovitch. À notre vue, le marchand d'eau amère s'est joyeusement levé de son *korsi* venu de Nuristan, de son trône en cèdre aux poteaux fleuronnés et à l'assise en lanières de cuir.

— Revoilà la bande, s'est-il écrié, et il nous a donné l'accolade.

Le gars était pompette, comme toujours ; sa bouche sentait l'oignon ; il ne cessait de hoqueter.

— Imagine un instant que nous ne venions plus demander de tes nouvelles, a plaisanté Sam, ton royaume s'effondrerait comme un château de cartes.

Le quinqua s'est gratté le ventre.

— Tu te cachais sûrement dans un trou quand j'ai fondé mon royaume, fiston, et il s'est jamais effondré. Tu sais pourquoi ? Parce que… ah, ce hoquet de… parce que la terre ne manque jamais de trois personnes : celle qui baise, celle qui boit, et celle qui bédave. Maintenant parlons de moi. Maquereauter, c'est pas mon truc. Le hasch non plus, je déteste tout ce qui assèche la gorge. Je m'occupe seulement de ceux qui… encore lui… ceux qui aiment se rincer la dalle. Alors, dites-moi, de l'huile d'olive ou celle de tournesol ?

— De l'olive, et donne-nous-en quatre, lui a répondu Arman, le tournesol, garde-le pour toi.

L'huilier s'est tourné vers le débarras où se trouvaient, cachées, les bouteilles d'alcool.

— Vous, les bourgeois ! Je m'en doutais bien.

Mais à peine avait-il avancé d'un pas qu'il s'est immobilisé.

— Vous savez, les gars, parfois je pense que si je vous avais connus il y a vingt ans, je vous aurais sans doute… arrête !… vous aurais sans doute envoyés en enfer.

Parce que nous buvions de l'alcool ? Pas du tout. Lui-même nous avait raconté que lui, colonel déchu après la chute de la République démocratique d'Afghanistan, russophile-né car venu d'une famille venue elle-même de Samarcande, ancien étudiant de l'École supérieure d'infanterie de Tachkent, il commençait ses journées il y a plus d'une décennie en descendant trois shots de vodka suivis de trois autres à midi et encore de trois à la tombée de la nuit. Il nous aurait en revanche envoyés en enfer parce que nous n'étions pas nés prolétaires.

— Tant mieux pour nous et tant pis pour toi, lui a lancé Sam tandis qu'il disparaissait derrière la porte.

Ressortant peu après du débarras, le colonel nous a montré d'un geste du menton les bouteilles d'huile posées sur les étagères.

— Pourquoi vous en prenez jamais ? Il faudrait parfois cuisiner à l'huile de tournesol.

Question surprenante. Mais voilà que le vilain enfant quinquagénaire nous lance un clin d'œil et que nous nous rendons compte qu'un jeune homme aux cheveux hérissés attend derrière nous.

— Qu'est-ce que tu veux, fiston ? lui a demandé le marchand d'huile avant de nous passer les bouteilles.

— De l'huile pour cheveux.

Et le marchand :

— Comme tu vois, j'ai des huiles pour la cuisson, pas pour les hérissons.

À quoi le jeune homme a craché une injure et s'est éloigné.

— Un crève-la-faim qui veut se mettre dans la peau d'un rupin, a dit l'éternel défenseur du prolétariat.

Ce qui nous a fait rire à pleine gorge, Arman, Sam et moi.

— Et maintenant, vous, dites-moi, qu'est-ce que vous allez faire si un jour je décide d'abdiquer mon trône ?

— On mourra pas de soif, c'est sûr, mais de chagrin si, a ricané Arman.

Un éclat de rire, entrecoupé d'une salve de hoquets.

— Tu es tellement drôle, mon gars. Pour autant que je connaisse les bourgeois, ils ne changent jamais : ils ont toujours les poches pleines comme ma tête, et la tête vide comme mes poches.

Remarque qui a soudain mis le voyou au tempérament volcanique en colère. Pourtant, avant qu'il ne se prenne de querelle avec le colonel, j'ai fait signe à Sam de lui demander gentiment de nous attendre dehors.

— Bon vent, a murmuré Kâka Sarmast, et, sur ce, il s'est mis à compter l'argent que je lui avais donné. Je plaisantais seulement. Mais… un… si vous allez ailleurs pour acheter de la picole, demandez d'abord… arrête, fils de pute !… demandez au vendeur… trois… s'il connaît la différence entre l'éthanol et le méthanol… *l'éthanol et le méthanol…* sûrement pas… Vous reviendrez donc ici si vous ne voulez pas devenir aveugles.

Et, le doigt mouillé de salive, il a continué à bavarder pendant que nous nous éloignions de lui pour rejoindre Arman. Adossé contre la porte d'une boutique fermée, celui-ci tirait de longues bouffées sur sa cigarette. À notre vue, il s'est mis en route et nous l'avons suivi, Sam et moi, parlant de choses sérieuses.

Lorsque nous sommes finalement sortis du labyrinthe, le ciel avait déjà commencé à s'assombrir. À quelque distance de là, un muezzin faisait l'appel à la prière ; sa voix, agonisante, se perdait dans le vent crépusculaire. Nous nous sommes arrêtés non loin du fameux pont en dos d'âne pour parlementer. Il y avait un rituel à accomplir. Faut-il d'abord aller au parc ?

— Pourquoi pas, a dit Sam, on va juste s'humecter le gosier et revenir.

Arman paraissait moins intéressé.

— Même si cette poussière de merde me suffoque, mais si vous voulez…

— Et toi ?

Et moi, allons-y. Et nous y sommes allés. Le parc était vide ou presque, si on ignore la présence de quelques petits mendiants qui se sont bruyamment suspendus à nos mains et à nos vêtements. L'un d'eux voulait faire briller nos bottes, un autre tournait autour de nous tout en agitant son encensoir. Nous les avons repoussés pour pouvoir goûter à la tranquillité vespérale comme on avait l'habitude de dire – et d'en rire. Après quoi nous nous sommes dirigés vers un vieux pavillon embrumé où, selon Sam, avait vécu il y a plus de cent ans un monstre qui était alors l'émir du pays. Il nous avait parlé des montagnes de cadavres et des rivières de sang ; et puis des marchés d'esclaves, partout. Ce qui nous avait échauffé la bile, bien sûr. Arman avait sorti son pénis et, sans prêter attention aux passants, avait longuement pissé sur la porte dégondée du pavillon ; j'avais furieusement craché par terre, moi, et puis contre le ciel ; Sam en avait fait autant. Depuis, c'était un rituel. Une fois le rituel accompli – le ciel d'automne étant sans étoiles, personne ne voyait à ce moment-là qui pissait sur qui ou quoi –, nous nous sommes éloignés du bungalow damné et du spectre qui le hantait pour nous asseoir sur un banc en pierre. Je nous ai servis dans des gobelets en plastique que nous avons aussitôt vidés. Du pur poison. Un frisson doux-amer m'a traversé pendant que l'eau-de-vie descendait le long du tunnel qui relie la gorge aux terres ténébreuses du corps. Puis est venu le deuxième verre. Aucun tremblement cette fois-ci. La langue s'y habitue si facilement. Mais il faut qu'elle bouge aussi, la langue. Ce qui n'était pas le cas en l'occurrence. Songeurs, nous nous étions contentés de prêter l'oreille au silence, aux bruits intérieurs. Je pensais sans trop savoir pourquoi à celui qui était assis sur ce banc il y a quarante ans, jour pour jour, à cette heure du soir. À quoi rêvait-il ? Et de qui ? Combien de personnes s'étaient-elles promenées dans ce petit parc minable aux rares arbres mutilés dont les feuilles sont grises de poussière même au printemps ? Combien d'autres s'étaient-elles allongées sur ces herbes maigres qu'on appelle pelouse ? S'étaient-elles embrassées ? Avaient-elles rêvé de l'avenir, de ce jour, de moi, assis sur ce banc quarante ans plus tard, jour pour jour, à cette heure du soir ? Et qu'est-ce qu'elles en avaient dit ? Qui étais-je pour elles ? À quoi ressemblais-je ? De quoi rêvais-je ? Moi, fils futuriste – et fugitif – d'une ordure de père, voleur vertueux, honorable habitué du lupanar le plus propre de la ville, gros baiseur et buveur, grand dévoreur de livres, rêveur aux yeux ouverts. Elles m'avaient sans doute traité de lâche, de traître, d'assassin, s'étaient certainement moquées de moi, campagnard inculte qui se rêvait citadin, qui avait abandonné celle qui l'avait pourtant si généreusement accueilli, et qui, maintenant que la douce femme faisait partie du passé, se noyait dans l'eau amère pour ne penser qu'à son avenir.

Notre avenir proche nous attendait hors du parc. Nous avons quitté l'endroit pour aller récupérer la voiture et faire le plein avant que nos membres ne commencent à agir à leur gré : un pied qui te dirige vers la gauche, un autre qui fait l'inverse ; et les mains qui cherchent désespérément un appui ; et le corps d'où sort tout à coup un deuxième homme, qui se met l'air de rien à marcher à côté de toi, et qui, tôt ou tard, te tourne le dos sans te dire au revoir. Te voici tout bonnement déchiré en deux. Et cela chaque fois que tu es ivre. Bientôt, une flopée d'ombres et de fantômes. Et bientôt, toi que tu ne reconnais même plus. C'est tout en pensant à mes soi-disant doubles que je suivais Arman. J'avais les jambes avinées, si je ne me trompe, mais Sam chancelait aussi, lui qui marchait derrière moi. Je lui ai demandé s'il avait besoin d'aide. Un non catégorique. Arman n'en avait pas besoin car il marchait comme un militaire. De toute façon, me suis-je dit, personne n'est capable de nous voir tituber dans une ville sombre où la seule lumière existante est celle des phares encrassés des voitures. Il fallait simplement continuer à avancer comme en rêve, sans crainte aucune, se laissant guider par les yeux qui voyaient au-delà des apparences misérables. Et ainsi arriver à sa destination qui n'était que la première étape d'une longue aventure nocturne.

— Qui veut prendre le volant ? nous a demandé Arman, prêt à monter dans la bagnole au réservoir maintenant rempli à ras bord. Après sa prise de bec avec moi, et la scène qu'il voulait faire au colonel, c'était la première fois qu'il redevenait lui-même, c'est-à-dire un enfant taquin.

Je savais conduire depuis un certain temps grâce aux leçons qu'il m'avait données, lui-même, toujours dans un état voisin de l'ivresse, mais je ne roulais pas la nuit tant j'avais peur d'écraser un chien errant ou un chat égaré.

— Ce tombereau ? Moi vivant jamais ! a répondu Sam.

Il abhorrait la conduite ; ce qui, selon ses dires, réduisait l'homme à un cheval. Il aimait en revanche contempler la ville, passer la tête par la fenêtre et, cheveux au vent, chanter et crier, ou bien s'adresser aux rares passants inconnus, aux soldats assoiffés, aux murs, aux arbres, aux animaux, à l'air frais, à la poussière. Cette poussière de merde me suffoque, criait Arman, remonte cette foutue vitre. Sa voix se noyait dans les hurlements des chiens qui nous couraient après.

Le tacot a toussé, une, deux, plusieurs fois, mais n'a pas démarré.

— Faut le pousser, a dit le chauffeur non sans un certain plaisir.

Et dire que c'était un taxi. Il me rappelait le vieil âne acharné que j'avais eu le malheur de connaître dans une vie antérieure. Pieds collés au sol, il s'arrêtait soudain au beau milieu d'un chemin, baissait la tête et fixait un point imprécis du regard. Inutile de le caresser, inutile également de le fouetter. Je m'asseyais, impuissant, dans un coin, ni près ni loin, attendant qu'il brise son silence prophétique. Et pendant que Sa Majesté rêvassait, il se pouvait que Noé rebâtisse son arche pour échapper au Déluge et qu'Allah fasse tomber sur le peuple de Loth une pluie de pierres dures comme de l'argile cuite. C'est seulement alors qu'il levait la tête pour me regarder et dire, bon sang, est-ce vraiment le temps de rêver ? Monte avant que le monde ne s'effondre !

Essoufflés, nous sommes remontés dans la Volkswagen qui vrombissait cette fois-ci. Quoique irréparablement vieille, elle était notre maison nocturne, notre patrie mobile, plus qu'un gourbi et moins qu'un palace, mais quand même. Arman m'a demandé d'un ton à la fois coquet et provocant de nous resservir avant qu'on ne fonce sur les routes kabouliotes dans notre Cadillac Eldorado Biarritz – ou aimerais-tu plutôt que ce soit une Ferrari Testarossa ? Je nous ai resservis sans lui répondre. Et nous avons séché de nouveau nos verres. On y va ? Il fallait d'abord mettre de la musique, du jazz pour nous ragaillardir. Heureusement que l'autoradio fonctionnait toujours. Il était hors de question que Sam commence par une autre chanson que celle d'une certaine Nina Simone, *Ain't got no, I got live*. Je l'aimais bien moi aussi, et je me souviens de la première fois que je l'avais écoutée sans connaître un mot d'anglais. Des phrases qui me martelaient à coups de poing, et qu'Arman l'anglophone me traduisait simultanément, lui qui, d'ailleurs, excepté cette chanson précise de cette précieuse chanteuse comme il disait, se moquait de tous les choix musicaux des romantiques démodés qu'on était, Sam et moi, et ne s'intéressait qu'à un certain Eminem et consorts. Ce soir-là, je m'étais soudain senti dans la peau de la dame noire assise devant un piano blanc dont la photo était imprimée sur la jaquette de la cassette. M'identifiais-je à elle ? Oui et non. J'avais mes cheveux comme elle, et ma tête, mon cerveau et mes oreilles, mes yeux et mon nez, ma bouche et mon sourire, ma langue et mon menton, mon cou et ma poitrine, mon cœur et mon âme, mon dos et mon sexe, mes bras et mes mains, mes doigts et mes jambes, mes pieds et mes orteils, mon foie, mon sang, la vie. J'avais aussi mes chaussures, mon argent, mon pull-over, mon parfum, ma culture, mon nom, mes amis. Je n'avais pourtant pas de maison (d'abord une échoppe et puis une voiture), pas de classe (à en croire Alcoolov Alcoolovitch, j'appartenais à la bourgeoisie), pas de bière (l'huile d'olive me suffisait), pas d'amour (que si, que si !), pas de mère (pauvre créatrice, elle n'avait même pas eu le temps de me prendre dans ses bras), pas de dieu (les dieux n'en ont pas besoin).

Les dieux que nous étions ont pris la route vers le palais présidentiel, l'*Arg*. Ça aussi, c'était un rituel, ou plutôt une envie, une obstination. Nous voulions absolument entendre les crépitements des trois coups de feu qu'avait tirés un jeune homme de dix-sept ans, en 1933, lors d'une cérémonie de remise de prix présidée par le roi. Celui-ci récompensait les étudiants de son lycée, sans savoir qu'un Nagant M1895, de douze ans moins âgé que lui, chargé de six balles de 7,62 × 38 mm R, enveloppé dans un mouchoir et caché dans la poche d'un adolescent, l'attendait impatiemment. L'adolescent se tenait derrière un certain Is'haq Shirdel, à qui appartenait le revolver, et un certain Mahmoud, un ami peut-être. On abaisse alors le drapeau ; le roi, coiffé d'un caracul, entre dans la roseraie, le torse bombé ; ajuste ses lunettes rondes achetées à Paris le 7 novembre 1925, peu avant de se retirer sur la Côte d'Azur, à Nice, pour examiner la table de médailles ; s'éclaircit bruyamment la gorge et se dirige solennellement vers les étudiants. Le jeune homme ne tremble pas, il fouille dans sa poche, sort le pistolet, le soulève soigneusement, vise l'Ombre de Dieu sur la terre et appuie sur la détente, trois fois, trois balles, la première consacrée à la bouche sacrée de Son Excellence, la deuxième à son cœur d'or faux, la troisième à ses poumons qui n'inspiraient que l'odeur des corps brûlés. Le roi s'effondre, il n'est plus roi. Les gardes se précipitent vers l'adolescent, qui tire encore une balle, et jette ensuite le fameux Nagant. Il ne tremble pourtant toujours pas. Le reste de l'histoire n'a rien de joyeux.

Arrivé devant le portail du palais, Arman a brusquement freiné. Il y avait seulement deux sentinelles, toujours les mêmes, qui faisaient bonne garde. La première s'est approchée de nous pour nous aveugler avec la lumière de sa lampe torche.

— Encore vous !

— T'as soif ? lui a demandé Arman, l'air de rien.

— Oui, mais c'est non.

Le gars nous connaissait on ne peut mieux, d'où sa réponse mi-figue mi-raisin qu'il répétait chaque fois qu'il nous voyait. As-tu soif ? Oui, toujours. Mais si vous voulez qu'en échange d'une gorgée d'alcool ou deux je vous laisse mettre le pied dans le palais, c'est non. Bon, il était gardien, et le travail d'un gardien, ce n'est pas de laisser entrer les gens dans un endroit, mais de les en empêcher. Et c'est bien ce que cette sentinelle postée devant la Loi faisait. Son ami, quant à lui, ne bougeait jamais, ne nous répondait jamais, ne nous regardait jamais, comme s'il ne nous voyait pas. Nous nous en moquions de toute façon, nous qui, depuis longtemps, avions pour but d'entrer un jour dans le palais, aussi difficile cela soit-il vu l'arrivée au pouvoir du nouveau président, lui aussi coiffé d'un caracul et vêtu d'un *tchapan*, et des diplomates américains, d'aller visiter la fameuse roseraie, de boire un coup en l'honneur du jeune homme qui avait arrosé les roses du sang royal de la vieille rosse. Mais il semblait que l'heure ne soit pas encore venue. Ce qui ne nous empêchait cependant pas de partager une lampée de notre *eau*phorie avec le veilleur à la gorge pleine de poussière. Je lui ai donc offert une rasade. Il s'est emparé du verre et l'a vidé d'un trait.

— Et maintenant, dégagez, s'est-il écrié d'une voix aigrelette.

— Un jour tu nous feras le salut militaire, *watandâr*, a lâché Arman, qui a entre-temps allumé la clope placée quelques minutes auparavant derrière son oreille et appuyé de toutes ses forces sur la pédale d'accélérateur, laissant la sentinelle attendre jusqu'à la prochaine fois.

— On va direct au palais, monsieur le maréchal ? s'est enquis Sam à un certain moment. Après avoir passé la tête par la fenêtre, il s'était tellement époumoné, criant et saluant la faune et la flore, qu'il n'avait plus la même voix.

— Où tu veux qu'on aille, soldat ? a répondu celui qui, à ce moment précis, s'appelait Marshall Mathers, était alcoolique, avait une maladie qu'on ne savait pas comment nommer, prenait de l'acide, du crack, de la cocaïne, et avait l'intention de jeter un corps sans vie dans une putain de poubelle avec plus de trous qu'un Afghan.

— Vous ne mangez pas ce soir ? ai-je presque crié, las de cette musique qui me tapait sur les nerfs et qu'Arman chantait et traduisait simultanément. Je meurs de faim, moi.

Du *boulâni**, acheté à un vieillard éternellement à cran. Bien que l'échoppe parût fermée, nous savions que le petit marchand se trouvait à l'intérieur. Il y vivait le soir et travaillait le jour. Je suis descendu pour toquer à la porte et attendre. Deux minutes, ou peu s'en faut, pendant lesquelles l'image de mon ami le nain m'a traversé l'esprit, âme souriante, retrouvé un matin tôt dans le fossé devant sa maison, les yeux crevés et le crâne fendu, le pénis fourré dans sa petite bouche sanguinolente.

— Qu'est-ce que vous voulez ? Je dors, là.

Une lumière pâle a traversé les interstices entre les planches.

— Du *boulâni,* il en reste encore ?

Aucune réponse. J'ai entendu le vieillard se lever, pousser un soupir, cracher une injure. Il a enfin entrebâillé la porte et m'a vu.

— Je m'en doutais bien.

Son haleine sentait la fumée. Il s'est tourné vers sa grosse poêle sans queue, placée sur un grand foyer mobile. Quoique curieux, depuis le premier soir où j'avais frappé à sa porte, je ne suis pas cette fois-ci non plus parvenu à voir à quoi ressemblait son lit.

— Il m'en reste une dizaine, m'a-t-il annoncé.

— Est-ce qu'ils sont chauds ?

— Tu te moques de moi ou quoi ?

Un mot de plus et le grognon serait monté sur ses grands chevaux.

— Pas de souci, ai-je tenté pour l'apaiser, on fera avec.

— Passe-moi le fric.

Et il a reculé d'un pas pour compter, deux fois, l'argent que je lui avais donné, me tançant de ne pas avoir trouvé *des billets plus froissés que ça*, l'a mis dans sa poche, s'est éloigné de la porte demi-ouverte, a placé les *boulâni* froids sur les feuilles d'un journal, l'un sur l'autre, me les a tendus et, sans dire un mot, a claqué la porte. La rage au ventre, je suis remonté dans la voiture tout en jurant de ne plus jamais rien acheter à ce triste sire. Arman m'a proposé de nous resservir avant de reprendre notre route royale. Vu son ton, soudain si bas et si badin, et vu que, en mon absence, pourtant si courte, on avait remplacé le rappeur en vogue par un romantique passé de mode que j'adorais, je me suis exécuté de bonne grâce, sans manifester ma colère, sans leur dire que le vieillard grincheux m'agaçait à chaque occasion où je lui achetais de la bouffe, que la prochaine fois je mettrais le feu au petit monde misérable qu'était son échoppe, ainsi qu'à cette benne à ordures dans laquelle nous nous trouvions si on m'imposait une fois de plus son choix.

Le tacot s'est envolé derechef vers l'endroit où nous allions célébrer la vie, à savoir le palais en ruine. C'était là que Sam et Arman passaient la nuit, là où je dormais souvent quand on faisait la fête. Nous allions nous installer dans sa plus grande salle, boire, fumer, manger, discuter, et pioncer, nous qui y avions passé plus de temps qu'à aucun autre endroit. Pourquoi ? Eh bien, parce que, d'abord, il n'y avait pas de guetteurs, à moins que les chiens errants n'en fissent partie, et puis parce que, eu égard à son emplacement, nous nous y sentions comme les divinités olympiennes, une ville tout entière sous nos pieds. Nous étions en revanche de simples mortels aux Shohada-e-Salehin, cimetière à n'en plus finir, théâtre d'affrontements sanglants entre Shiva et Mahomet, paysage favori de Babur, piste de patinage des soldats de la Compagnie britannique des Indes orientales, terrain de chasse du dernier monarque du pays, champ du repos de l'Elvis de Kaboul que l'on surnommait généreusement la Voix du Siècle. C'était surtout pour rencontrer ce dernier que nous – Sam et moi, Arman ne témoignait aucun attachement au roi des romantiques du siècle dernier dont, à son avis, la plus grande réussite fut sa mort puisqu'elle l'avait rendu immortel – nous y rendions au moins une fois par mois. Debout devant sa tombe dynamitée, nous portions, Sam et moi, d'abord un toast en son honneur. Chante-nous quelque chose, ô *pîr**. Et, alors que le maître nous honorait de sa présence vocale, Arman, lui, se tenait debout, la tête relevée et les épaules tirées au maximum vers l'arrière, au beau milieu de la rue pour pisser le plus loin et le plus longtemps possible. Encore un verre, et nous nous mettions à chanter avec lui avant de, une heure plus tard, lui faire nos adieux, monter dans la voiture et, suppliant Arman de conduire tranquillement le long de l'ancienne citadelle, quitter le cimetière. D'accord, disait le voyou, mais assurez-vous d'abord qu'il n'ait pas chopé nos bouteilles, je me fierai jamais à un soiffard quand bien même il serait mort. Tout est à sa place, l'assurions-nous. Et maintenant, où aller ? Où vous voulez, disais-je. Après le cimetière, le palais, disait Arman. Si on me demande à quoi ressemble ce pays, nous avait dit Sam, je dirais à cet endroit. Construit par un certain Allemand et un certain Français sous le règne d'un certain roi qui se voulait modernisateur, le palais n'avait jamais servi à grand-chose : école de médecine, entrepôt, siège de quelques ministères, tranchée, latrines, poubelle publique, squat. Quid de son avenir ? Nous n'en savions rien. Sam croyait que, depuis leur arrivée, les soldats américains s'y étaient rendus plusieurs fois et que, le jour, c'était le quartier général d'un bataillon fantôme. Peu nous importait, de toute façon. Nous nous y sentions en présence de tous ceux qui y avaient séjourné auparavant, et nous les condamnions à l'unisson. Dans ce hall semi-circulaire où je me trouve maintenant, où se trouve Sam le caissier dont les ronflements font toujours vibrer les piliers, et où le chauffeur de taxi somniloque, s'étaient trouvés sans doute jadis le roi et sa reine, de futurs médecins (ce pauvre mot me fait toujours penser à l'imbécile qu'est mon coloc), de vils vizirs, des soldats barbus qui tiraient sur n'importe qui, griffonnaient des inscriptions et des dessins orduriers sur les murs lors de leurs courtes trêves, et qui, ensuite, debout dans l'embrasure des fenêtres, les verges dressées, pissaient sur la ville, formant ainsi des dizaines d'arcs-en-ciel jaunâtres, des quidams aussi, assis çà et là, culs nus et testicules pendants, se vidant les entrailles, des quidams encore, et encore des quidams, et des fantômes, une ombre, un spectre, l'âme pourrie d'un soldat. Nous nous trouvions nous aussi dans cette grande salle, nous qui étions différents, et qui maudissions – et adorions parfois – la réalité, la réalité âpre et impavide, la réalité omniprésente, ici, dans ce palais, et là, plus loin, un peu plus loin, dans le palais délabré de la reine, où, le 27 décembre 1979, peu avant ma naissance, et peu après l'assassinat du chanteur, lors de l'opération *Chtorm-333*, des Spetsnaz avaient tiré, en pleine nuit, sur le président du Conseil révolutionnaire, dictateur déjà affaibli par une soupe empoisonnée prise quelques heures auparavant, ami à la fois du KGB et de la CIA, ennemi de nous. On ne pouvait pas ne pas faire grand cas de ce meurtre. Mais le reste de l'histoire n'avait rien de joyeux ; il nous rappelait Alcoolov Alcoolovitch, son envie de nous envoyer en enfer puisque nous étions nés bourgeois dans son paradis des prolétaires, ses études fictives à Tachkent et ses voyages réels à Moscou, son retour glorieux, sa promotion au grade de colonel, colonel qui se rendait dix fois par jour à cet endroit mais jamais au front, la défaite, la guerre, et à nouveau la guerre. Le colonel déchu était finalement devenu vendeur d'alcool, et nous, ses clients, habitués des palais des années plus tard. Ainsi se croisent les chemins.

Encore un verre. Et nous nous sommes garés près du bâtiment. Il fallait juste prendre les bouteilles d'huile d'olive et d'eau (heureusement qu'une pompe à bras se trouvait sur notre chemin), la nourriture et mon sac à dos, des lampes torches – les valises, les lits, le tapis de sol, le billard indien (un nouveau, acheté, au tout début du printemps, au même brocanteur édenté qui, cette fois, m'a demandé si j'avais une cigarette, et qui, ensuite, en a fumé deux autres car, m'a-t-il dit, tu pensais que j'avais zappé, haha, j't'en avais donné trois, *kharkos khan*, je m'en souviens comme si c'était hier), la lampe-tempête, les bougies, les allumettes, et je ne sais plus quoi encore étant tous à l'intérieur. Fermer la voiture, s'approcher du monstre que devenait le palais à la nuit tombée, passer, chancelant, devant une baraque abandonnée, grimper les escaliers en spirale, abîmés, en manque de marches, se trouver dans l'une des cent cinquante pièces, certaines sans plafond, d'autres sans dalles ni murs ni fenêtres, se diriger à l'aide des lampes torches vers la grande salle. Soudain, un chien qui sursaute. Arman donne un coup de pied dans le noir. *Binâmous**, tu m'as fait peur.

Le clébard, qui nous connaît depuis le premier jour mais qui ne s'entend qu'avec moi, aboie mais ne recule pas. Laisse-le tranquille, dis-je au voyou. J'ai faim, me dit le chien, petit, maigrelet. Et je lui offre un *boulâni* car c'est un noctambule comme nous, un camarade qui ne se contente que de résider dans des palais. Il s'empare du pain plat farci pour le dévorer aussitôt. J'ai toujours faim, souhaite-t-il dire de nouveau, mais j'ai aussi la fierté de ne pas en demander encore un. Voici un animal qui vaut mille pachas. Il nous remercie en remuant la queue et disparaît dans la noirceur.

Maintenant, à nous de nous installer. Nous avons pris place au beau milieu de la salle, sur le tapis déjà étalé, allumé les bougies et la lampe-tempête, ouvert la deuxième bouteille, rempli les verres. Et un, deux, trois, cul sec ! Et encore, un, deux, trois, cul sec ! Avant de saupoudrer cette fois-ci le plateau avec la farine de pois chiche grillé et de former le cercle multicolore, Arman m'a proposé de me placer à l'autre bout de la table, autrement dit le billard indien, et de jouer avec eux, encore une fois, et de ne plus jamais y jouer si je trouve, comme d'habitude, le jeu absurde ou enfantin. Pompette, j'ai dit bon, pourquoi pas, et tandis que, à la lueur de la lampe-tempête et des bougies, posées sur des paquets vides de cigarettes aux quatre coins du plateau en bois, je m'apprêtais – à toi de casser, a-t-il entre-temps crié – à percuter les pions formant la rosace centrale, il a inséré une cassette dans le magnétophone et s'est mis à chanter.

It was another day, it was another night
I came from the darkness, trembling with fright

Un romantique suranné, encore. Que s'était-il passé pendant ma brève absence ? Quel sortilège lui avait-on chuchoté à l'oreille ? Et voilà qu'il ne parvenait même pas à rentrer le pion le plus proche. Ou peut-être fait-il semblant, me suis-je demandé plus d'une fois, pour ne pas m'échauffer la bile, moi qui, au sortir de l'huilerie, avais mis Sam au courant de ma rage et de ma frustration ? L'avait-il raisonné alors que je nous achetais de quoi manger ? Lui avait-il dit combien son comportement agressif m'avait agacé ? Ainsi que son choix de musique suffocant ? Et pourtant, c'est lui, et lui seul, qui achète la gnôle, fait le plein, paie les meufs que nous déglinguons, espèce d'ingrat !

She took me in her arms and whispered in my ear
The night can't reach you now, the wild is growing light

Une dernière chiquenaude, donnée qui plus est par un doigt aviné, et le pion s'est glissé dans le trou. Des hourras, des applaudissements. Et moi qui, non, j'ai vu que tu faisais comme si, rien qu'un simulacre de jeu pour me convaincre que je pouvais moi aussi gagner une fois dans ma vie et servir à quelque chose, rien qu'une farce. Et Arman qui, absolument pas, j'ai joué comme j'ai toujours joué, et j'ai perdu, c'est tout, ne servirais-je donc plus à rien parce que je n'étais pas gagnant cette fois-ci ?

— Et ce débat qui ne mènera nulle part, est intervenu Sam. Resservons-nous.

— Bien dit, a acquiescé celui qui faisait semblant d'avoir perdu.

Et tous ensemble :

— Cul sec !

— Devinez où j'ai appris à jouer au carrom ? a demandé Arman, visage renfrogné après avoir vidé un verre rempli à ras bord.

— Dans la baraque.

— Non.

— Quand tu vivais au Pakistan, a deviné Sam.

— Oui, mais où au Pakistan ?

— À Peshawar.

— Et où à Peshawar ?

— En prison ?

— Non.

— Au magasin où tu travaillais ?

— Non plus.

— Au boxon ?

— Oui. Et vous savez qui me l'a appris ? La cheffe de la maison elle-même, un petit peu âgée mais toujours belle comme un camion. Elle me l'apprend et, un jour, alors que, fraîchement sortie de la douche, une serviette blanche enroulée autour de sa tête et un *bubble gum* rose dans sa petite bouche voluptueuse, la beauté vient s'installer derrière le tablier de jeu, elle me lance en souriant, faisons un pari : si tu perds, tu m'achèteras une robe, ou une bague, ou une chaîne de cheville, ou ce que tu voudras – et elle fait claquer son chewing-gum –, mais si tu gagnes, je coucherai ici et maintenant avec toi. *Deal? Theek hai, boss*, dis-je sans tarder, sachant qu'elle sait que je sais qu'elle a déjà perdu. Le reste, vous le savez déjà, la prison et tout ça.

— Et comment, s'est écrié Sam.

— Que je ne regrette absolument pas, a ajouté l'ancien prisonnier, et il s'est mis à raconter comment il avait appris à parler l'ourdou, le pachto, le bengali, le kashmiri, le panjabi, le gujarati, le sindhi, et l'anglais, un petit peu, ou peut-être un peu plus qu'un petit peu, et cela grâce à, ah, putain de pisse, et il se lève sans avoir fini sa phrase pour aller faire pipi dans un coin et revenir, oui, je disais, et comment il s'était lié d'amitié avec les gardiens de prison, ces jeunes nigauds avec qui, d'ailleurs, il jouait souvent au carrom, ou encore comment il avait pu faire taire celui qui faisait le méchant, et prendre sa place non pas pour faire peur aux pauvres prisonniers mais pour terroriser les brutes, un *landahour** que personne n'avait pu battre au bras de fer, un *khâda** qui, toute sa vie, n'avait violé que des naines vierges, ou encore ce *ghoul** qui se vantait d'avoir dévoré le corps sans vie, mais savoureux, d'un nouveau-né trouvé dans une poubelle.

Et ainsi, sans qu'on s'en rende compte, et sans qu'on prête plus attention au chanteur à la voix soyeusement épineuse, la discussion est entrée dans une phase où tout ressemblait à tout et rien ne ressemblait à rien. C'était d'ailleurs pendant cette fameuse phase que, un soir, Arman a joué le rôle d'un chirurgien qui parvenait, par curiosité scientifique, à transformer un homme, Sam, en chien. Ou qu'un autre soir, dans le plus vieux théâtre de la ville, abandonné depuis plus d'une décennie et dont le toit pouvait s'effondrer à tout moment, Sam s'est mis à la place d'un alchimiste désespéré qui, assis dans son cabinet d'étude, signait un parchemin de son sang et, faisant ainsi un pacte avec le diable, s'envolait sur le manteau de ce dernier. La pièce était sérieusement ironique au début, mais est vite devenue ironiquement sérieuse, avec toutes ces ombres noctambules qui chantaient à tue-tête à l'intérieur d'une cave bondée de buveurs. Ce qui prouvait que l'on ne parvenait jamais à marquer la frontière entre l'ironie et le sérieux, ou le réel et l'irréel, lorsqu'ils étaient, les voyous, au septième ciel.

— J'ai une question, ai-je dit dans un moment de lucidité.

— Il a une question, a répété Sam machinalement, et il nous a resservis sans rien ajouter.

— Tout le monde a des questions, a philosophé Arman, rentrant d'une pichenette le pion rouge qu'il venait de remettre sur le plateau, même les chats et les chiens.

— Les chats, oui, puisque chacun d'eux est un philosophe, est intervenu Sam, et il a écrasé sa cigarette dans la place vide d'un carré de marbre transformé en cendrier, mais pas les chiens, trop obéissants pour pouvoir penser librement.

— Et quelle est ta question ? m'a demandé Arman.

— Trinquons d'abord, a proposé celui qui s'occupait de l'alcool, notre *sâqi*.

— Est-ce que nous sommes responsables ? ai-je dit.

— De quoi ?

— De ce qu'on fait.

Arman a écarquillé les yeux.

— Mais bien sûr.

Et, descendant de nouveau son verre, il s'est mis à expliquer que, *à titre d'exemple*, s'il s'était mis en colère cet après-midi, c'était justement parce que, en lâchant une plaisanterie *outrageante*, c'est-à-dire en le traitant de *voyou*, et qui plus est, en mettant ce mot *injurieux* dans la bouche d'un *pouilleux*, je l'avais blessé, lui, ce grand *combattant* nommé Arman qui, malgré son passé on ne peut plus tragique, n'avait cessé un instant de se battre…

Et de nouveau cette phase pendant laquelle on répétait les mêmes mots et les mêmes phrases sans pour autant prononcer le mot exact, la phrase précise. S'agissait-il d'une mise en scène, d'une supercherie ? Voulait-il que je me sente coupable d'un crime que je n'avais pas commis ? Je ne croyais pas car, un peu moins ivre qu'avant, je constatais que le voyou s'engouffrait – comme Sam qui, lui, noyé dans la voix de son chanteur favori, s'engloutissait dans les profondeurs de l'exil et de l'errance – dans ce labyrinthe de la mort et de la prison d'où seule une étincelle cérébrale pourrait le tirer. Et alors qu'ils s'éloignaient petit à petit, je voyais à mon tour le corps de la femme tuée à la hache devant moi. Elle avait les yeux grands ouverts. Pourquoi ? me demandait-elle. Ce soir-là, je n'ai pas abaissé le loquet parce que j'avais confiance en toi, que je voulais revenir. Et toi ? Et moi qui l'avais si lâchement quittée sans me soucier de son sort. Que s'était-il passé en mon absence ? Soit la faiseuse d'ange n'avait rien pu faire, soit la femme n'avait pas réussi à vendre ses bracelets et à se rendre chez elle. Et son ventre s'était mis à grossir alors que le mollah la battait et la blâmait pour sa négligence. À quel moment s'était-il aperçu du vol, le fou furieux ? Sûrement dès son retour. Une échelle placée négligemment contre le mur, une échoppe fermée, un épicier absent. Il fait irruption dans la chambre pour vérifier la malle : rien qu'un cadenas cassé. Qui oserait cambrioler le domicile du maître du village si ce n'est un proche ? Il sort pour interroger les paysans mais personne ne m'a vu depuis hier soir. Faut-il forcer la porte de l'échoppe ? Il soulève le loquet (et moi qui, pour ne pas compromettre la femme, ai eu l'idée de l'abaisser et d'utiliser l'échelle à la dernière minute), et pas âme qui vive. Mais, chose impensable, le cadeau de l'Ingénieur est là, sur la caisse vide. Bouillant de colère, il déchire le livre. C'est dans ce contexte-là qu'il va accueillir son épouse (ou peut-être s'était-il rendu en ville pour la ramener ?), et dans ce contexte-là qu'il va la découper à la hache en voyant son ventre rond quelque temps plus tard. Était-il venu à Kaboul pour me retrouver ? Rien n'est moins sûr vu son dégoût de la capitale. Mais il rêvait sans doute de moi jour et nuit. Et pendant qu'il rêvait de me découper à la hache à mon tour, j'enchaînais les journées et les soirées arrosées, loin du passé, croyais-je naïvement, et loin du village. Mais voilà qu'un jour le passé me tombe lourdement dessus au beau milieu d'un présent si léger, et que je m'aperçois soudain de l'imminence du danger. Que faire ? J'aurais pu changer de quartier si je n'avais pas payé le loyer peu avant ma rencontre avec Abdol, ou même emménager dans le palais si ma valise, cadenassée donc attirante, n'était pas là, dot fatale que je ne pouvais ni montrer aux voyous, ni laisser dans une grande salle sans porte ni fenêtres, ni trimballer chaque fois que je sortais. Et si le fermier en parlait à Nasro et Nasro au mollah ? Je voulais à mon tour faire part de mes inquiétudes à Arman et à Sam, mais j'avais peur, peur de leur dire que tout cela n'était qu'un mensonge, toute cette histoire, la mienne, peur de leur dire également que, pendant tout ce temps, c'était une femme, tuée d'ailleurs à la hache par un (d'abord) moudjahidine et (ensuite) taliban, qui payait la luxure dont nous jouissions ; et si nous étions là ce soir, c'était parce qu'elle n'était plus nulle part, elle, sauf devant mes yeux, et qu'elle me demandait sans cesse : Et toi ? Et moi, de peur de tomber dans la démence, et de me perdre tout comme mes compères dans le dédale des souvenirs cauchemardesques, j'ai fermé les yeux et me suis forcé à penser à autre chose, à ma *djanetchka* rencontrée dans la dernière maison close – comme on me l'avait promis – que j'avais visitée en compagnie d'Arman et de Sam au milieu du printemps. La petite porte bleu lapis-lazuli s'ouvre doucement, on entre tous les trois, deux d'entre nous en sortent une demi-heure plus tard, le troisième y reste à jamais, épris de la belle dame d'à peine trente ans qui l'accueille. Ses lèvres grenadine ont un goût familier ; son étreinte est celle d'une amoureuse ; ses petits cris ceux d'une femme qui jouit et qui ne cache pas sa jouissance. Je suis ébahi, moi qui croyais que les filles de joie ne comprenaient rien à l'amour. Je lui demande à elle qui a du chien son nom, son origine, le pourquoi de ce qu'elle fait. Elle me répond avec parcimonie, autrement dit chaque chose en son temps, on vient de se connaître, reviens un autre jour. Je m'y rends le lendemain à la même heure, tout seul cette fois-ci. Et on refait l'amour en échange d'une somme d'argent que je paie à la propriétaire de la maison (propre, il est vrai, mais dont les chambres – enfin, celle que je connais, située au bout d'un long couloir – sentent toujours la sueur et l'humidité), dès que j'y mets le pied.

— Elles embrassent pas les mecs sur la bouche, me confie-t-elle, la plante des pieds posée contre le mur.

— C'est qui, *elles* ?

— Bah, les putes.

Je jette mon mégot dans le cendrier, posé sur le rebord de la fenêtre, regarde la souteneuse traverser la cour, ouvrir la porte et laisser entrer deux hommes qui, le temps qu'on prépare les filles, font les cent pas sous le cognassier en fleur, tire le rideau, et viens me rallonger, torse nu, sur le matelas de sol, à côté d'elle. Son corps exhale l'odeur de la terre après la pluie.

— Pourquoi ?

— Pourquoi quoi ?

— Pourquoi elles n'embrassent pas les mecs sur la bouche ?

— Pas tous les mecs, me corrige-t-elle, s'étirant. Les clients je veux dire.

— Il doit bien y avoir une raison.

— Bah, parce que la bouche, c'est sacré.

— Et la chatte ?

— Elle est sale. Regarde où elle se trouve.

— La bouche aussi, elle se trouve juste au-dessous du nez.

— Oui, mais la bouche, c'est pour dire les prières.

Elle s'appelle Noqra, mais ce n'est pas son vrai nom ; elle vient d'Hérat, mais ce n'est pas sa ville d'origine ; elle fait ce qu'elle fait, mais ce n'est pas ce qu'elle veut faire. Je sors une heure plus tard pour y revenir le lendemain, et encore le jour d'après et les jours suivants. Dis-moi ce que tu veux vraiment faire et je vais t'aider. Elle rit. Viens me voir quand tu peux, c'est tout. Et j'y vais, la voir et la revoir, le matin et le soir. Que fais-tu quand je ne suis pas là ? *Kirkhori*, me dit-elle insolemment, je mange des bites. Je sursaute. C'est dégueulasse ce que tu viens de dire. Ah bon, qu'est-ce que tu veux que je fasse quand t'es pas là ? Que je t'attende ? Soit. Mais qui va payer celle pour qui je bosse, hein ?

— T'as perdu la tête ou quoi, m'admonestent les voyous quand, désespéré, je leur fais part de mon projet.

— Et moi qui pensais que sans nous tu sortais même pas de ton trou, fait Arman. Comment tu as pu y aller tout seul ?

— Et combien tu as dépensé ? me demande Sam sans me laisser répondre.

— Qu'un jeune homme ambitieux s'amourache d'une catin, voilà qui me dépasse totalement.

— Et qu'en plus il veuille l'acheter.

— Je ne l'achète pas, dis-je furieusement.

— Qu'est-ce que tu fais, alors ?

— Je ne veux pas qu'elle fasse ce qu'elle ne veut pas faire.

— Et tu sais combien tu dois payer à sa maquerelle ? dit Arman. Le montant que tu paies à chaque passage multiplié par au moins dix. Et ça, tous les jours. D'où sortiras-tu tout cet argent ? Ou peut-être es-tu assis sur le trésor de Karoun dont tu nous dis rien !

Une somme faramineuse, effectivement. Que ferai-je le jour où il ne me restera plus un sou ? La maquerelle ne me laissera même pas entrer dans la maison, le hadji non plus, propriétaire de la chambre où j'habite maintenant et où l'Ingénieur (tiens ! j'avais complètement oublié que lui aussi était tombé amoureux d'une *djanetchka* kabouliote !) avait habité des années auparavant.

— C'est injuste, ce que tu viens de dire.

— C'est la vérité et la vérité est amère.

— Mais si l'intention est bonne ?

— Peu importe l'intention ; ce qui compte, c'est les conséquences. En l'occurrence, une blague qui blesse.

— De quoi parlez-vous ?

Contrairement à Arman, Sam a mis un peu de temps à sortir de son labyrinthe et à se rappeler notre discussion interrompue.

— On est tous plus ou moins responsables, dit-il enfin.

— Oui, mais y en a qui le sont plus et y en a qui le sont moins.

— Et si on n'avait pas le choix ?

— Mais qui peut prouver qu'on n'avait pas le choix et, par conséquent, qu'on a éliminé quelqu'un ? m'a demandé Sam.

Arman s'est penché pour allumer sa cigarette à l'aide d'une bougie.

— En plus, on a toujours le choix. Par exemple, tu avais le choix de ne pas me blesser.

— Et toi, lui a dit Sam, tu as le choix de lui pardonner.

— Ce qui est déjà fait.

— Dans ce cas, arrête d'en parler.

— C'était juste un exemple.

— Mal choisi.

— Ou pas.

— Ce qui veut dire que tu lui as toujours pas pardonné.

— Mais je n'en pouvais plus, ai-je lâché, la gorge nouée, je voulais seulement partir.

Et, à la grande surprise de tout le monde, j'ai soudain éclaté en sanglots.

Un instant d'incompréhension, et Sam s'est tout à coup levé pour me demander ce que j'avais, tançant Arman de m'avoir porté sur les nerfs bien qu'il lui eût dit d'arrêter ses provocations. Mais j'ai rien fait, s'est défendu celui-ci, il parle d'autre chose ; et il s'est également dressé, jurant ses grands dieux qu'il n'avait absolument pas l'intention de me tourmenter, moi, son frère, son semblable, moi qui faisais tout pour que cette malédiction qu'est la vie devienne supportable, et que nous soyons ensemble malgré nos solitudes immenses ; et il a fondu en larmes à son tour avant de nous sauter au cou. Nous sommes tombés tous les trois sur notre ami indien que nous avons renversé, et nous avons renversé les bougies, qui se sont éteintes, et nous avons pleuré à chaudes larmes et à gros bouillons, et nous avons ri tout en pleurant.

En arrière-fond, une guitare qui déchirait.

Soudain, Arman s'est levé.

— Attendez, on est pas seuls ici.

S'agissait-il d'une blague ou avait-il senti, lui aussi, la présence de la femme tuée à la hache dans la salle ? J'ai regardé à droite et à gauche ; Sam en a fait autant ; et nous l'avons tous les deux prié d'arrêter ses plaisanteries macabres.

— Je parle du clébard, a-t-il crié. Faut qu'il boive aussi.

Et, s'emparant de la lampe-tempête, il est allé chercher notre ami noctambule. L'animal ne se trouvait plus dans le hall ; il vagabondait sans doute dans les cent cinquante pièces du palais. Le trouverait-il, le voyou ivre mort qui n'aimait pas qu'on l'appelle voyou ? Nous n'en savions rien. Nous l'avons seulement entendu l'appeler à grands cris, et en avons ri à gorge déployée. Sam a ensuite allumé une bougie avant d'insérer, à sa chiche clarté, une autre cassette dans le magnétophone. De qui ? Je ne me rappelle plus. Il me racontait, tout en me resservant, comment, des années auparavant, il avait vendu son âme au diable pour expérimenter ce qu'est la vie, et pendant qu'il dépeignait une cuisine de sorcière où on lui avait offert un breuvage rajeunissant et que je buvais mon verre, j'avais le sentiment qu'il s'éloignait de moi, que mes paupières s'alourdissaient, et que les objets disparaissaient un à un.

Maintenant, c'est le lendemain, et les objets sont de nouveau là, ainsi que nous, les voyous, nous qui nous trouvons toujours dans la même salle, celui qui rêve et ronfle, celui qui rêve et somniloque, et moi qui, après avoir si longuement rêvé les yeux ouverts, m'apprête à partir. Je bouge mes pieds et me lève. Mon estomac me fait signe qu'il a faim et soif à la fois, et qu'il a envie de ripailler.

Une dernière chose à faire avant de quitter le palais : j'aimerais avoir un aperçu de la ville depuis cette gueule de monstre qu'on appelle embrasure. Ce sera la première image du jour que je garderai en mémoire.

Elle s'est réveillée, la ville, depuis longtemps.

Je garderai surtout l'image de cet enfant, là, sur ce toit-là, qui fait voler un cerf-volant multicolore. Il rêve d'être un oiseau, j'en suis sûr.

— Halte !

— Un pas de plus et t'es mort !

— Halte ou je te descends ! Et je répète jamais ce que je dis !

— Mais s'il est sourd ?

— Qui es-tu ? Halte !

— Et muet ?

— Je m'en fiche, qu'il s'arrête.

— Arrêtez vos conneries, dis-je, essoufflé, et j'avance vers le nuage de fumée autour de la petite lumière au milieu de la salle. C'est moi.

— Mais dis-le dès le début, bon sang !

— Pourquoi si tard, d'ailleurs ? me demande Arman. Et nous qui t'attendons depuis…

— Depuis potron-minet, le coupe Sam. Dis-moi, dans quel trou tu t'étais caché ?

La nuit est tombée il y a à peine une heure, mais ils sont tous deux déjà pris de boisson. Une bouteille et demie de plus, donc, ce qui veut dire qu'il ne nous en reste qu'un demi-litre. Depuis quand picolent-ils ? Et qu'ont-ils fait pendant tout ce temps ? Jouer au carrom, c'est sûr, car le plateau, dont l'un des pieds, brisé, est remplacé par une brique, se trouve dans sa position habituelle, comme hier soir, avant qu'on ne le renverse, mais il n'y a aucun pion dessus ; et les bougies, déjà consumées, bougies qu'ils ont sûrement allumées dès le deuxième verre tandis que le soleil dardait ses rayons à travers les embrasures. À quelle heure se sont-ils levés ?

— À l'heure du laitier, répond Arman, comme on vient de te le dire. Et toi, tu étais où pendant tout ce temps ?

— On s'était pourtant dit qu'on allait mourir ensemble ici.

— Et s'il savait ce qui s'est passé en son absence ?

— Tais-toi, crie Sam, et il lui fait les gros yeux.

— Que je me taise changerait quelque chose ?

— Non, mais laisse-le tranquille. Il l'apprendra lui-même.

— Et si je lui annonçais moi ?

— Mais qu'est-ce que tu as ? On en a déjà discuté. Tu veux qu'elle l'anéantisse, ta mauvaise nouvelle ?

— Et pourtant il l'apprendra tôt ou tard.

— Mieux vaut tard que tôt.

— Quelqu'un va me dire ce qui se passe ici ? dis-je, irrité, je viens d'arriver et vous voilà pétés comme des coings.

— Tu vois ? ricane Sam. Je t'avais prévenu qu'il en ferait une montagne. Et cela dès son arrivée, avant même que tu ouvres la bouche.

— Ça va te rendre triste mais on peut rien y faire, murmure Arman. On l'a pendu, les brutes.

— Voilà pourquoi on s'est mis à boire, dit Sam, tu comprends maintenant ?

— Qui a pendu qui ?

— Les brutes ont pendu notre ami le clébard. Je l'ai cherché partout et, alors que je commençais à perdre espoir, je l'ai trouvé dans une des pièces, pendu à une poutre.

Celui à qui j'avais offert un *boulâni* la veille. Pendu, mort. Malgré la terrible angoisse qui me déchire, la nouvelle est si foudroyante que, sans chercher le pourquoi du comment, je tombe à genoux. Ils se lèvent et, chancelants, courent vers moi, me prennent dans leurs bras, tentent de me consoler, en vain.

— Je t'avais bien dit de la fermer, crie Sam.

— Il allait l'apprendre de toute façon, répond Arman, et, sanglotant, il me demande mille pardons d'avoir été porteur d'une telle nouvelle. Tu veux le voir ?

— Personne ne peut supporter la vue d'un ami pendu, dit Sam, et il éclate en sanglots à son tour, lui qui, il était une fois, avait coupé de ses propres mains cette corde raide à laquelle pendait le corps sans vie d'un poète exilé dans la cellule sombre d'un sous-sol lointain à Machhad.

Je ne puis supporter, moi non plus, une telle scène, me dis-je, surtout maintenant. Et, doucement, je m'éloigne d'eux pour m'avancer vers le tapis et m'étendre. D'abord, cette nuit de larmes et de rires et cette journée d'errance et de jouissance, et puis sa fin, si cruelle, et maintenant cette fâcheuse nouvelle, la pendaison d'un chien, pauvre et pourtant si fier, si courtois. Qu'avait-il fait pour mériter un tel châtiment ? Un animal et c'est tout, animal qui, de toute cette grande poubelle qu'est Kaboul, n'avait choisi que ce palais abandonné, sans se soucier du froid et de la chaleur, de la faim et de la soif, des fantômes qui l'entouraient et de l'absence de vie. Puis, un soir, il nous avait vus arriver, et il avait pour la première fois compris ce que la présence humaine voulait dire, présence qui allait le pendre à une poutre quelques mois plus tard, humaine, oui, j'en suis sûr car, me dis-je, aucun animal n'en est capable, aucun animal n'est capable de commettre une cruauté pareille. Et je pense de nouveau à sa voix qui ne mendiait pas mais qui exprimait juste un fait, un souhait et, fermant les yeux, je pense à d'autres voix, d'autres bruits.

— Tu vois ? m'a dit le chauffeur de taxi, ralentissant brièvement pour laisser un passant traverser la rue, on dirait que tout le monde est ivre dans cette ville.

Et, klaxonnant, il a rappuyé de toutes ses forces sur la pédale d'accélérateur. Le véhicule a foncé sur la route, déchirant la nuit kabouliote.

— Tout le monde.

Bien que, quelques minutes auparavant, je l'aie prié pour la deuxième fois de me laisser tranquille, le bonhomme n'a pas arrêté de m'adresser la parole, me surveillant par-dessus le marché dans le rétroviseur. Cela faisait à peine une demi-heure que j'étais dans sa bagnole (on aurait dit que le gars aux grosses lunettes m'attendait devant le bâtiment, j'étais sorti et, avant que je ne m'approche de son taxi, on va où ?, m'avait-il lancé, et moi qui lui avais répondu, loin d'ici, le plus loin possible, allez, vole !) et il m'avait déjà parlé de la cérémonie de mariage de son fils (En un mot : royale ! On a donné à manger à sept, huit cents personnes quoi. Et toi ? Quand est-ce qu'on le mange, ton *palaw* ?), ses maux de tête récents (C'est comme si on me trouait la tête avec une perceuse), la recrudescence des péchés (Le vrai Kaboulien, ça n'existe plus, rien que des ivrognes, des drogués, des – que Dieu me pardonne –, des putes et des pédés), l'arrivée des Américains (Toi aussi tu penses qu'ils sont là, les roux, parce qu'ils sont dingues de nous ?), ma mine soucieuse (Pourquoi se ronger les sangs, jeune homme ? Un petit conseil gratuit : dès que tu sens le cafard venir, pense toujours à cette phrase de moi, moi qui ai l'âge de ton père : la vie, seules ses cent premières années sont difficiles !).

Dégoûté par son insistance, j'ai baissé la vitre et essayé de penser à autre chose – cette bâtisse grisâtre, je ne me rappelle pas l'avoir jamais vue, et pourtant, regarde-la, pauvre chienne, suivie d'un, deux, trois, cinq, sept chiots, mais quelle mise bas douloureuse, la femelle accouche donc le monde est, et le mâle ? Il naît, il boit, il mange, il crie, il grandit, il baise et vole, il vole et fuit, il fuit et conduit, comme ce crétin qui vient de nous dépasser par la droite.

La poussière m'a fait tousser comme un poitrinaire.

— Tu vois la lune, là ? Elle est toute jaune ce soir, ce qui veut dire que bientôt la tempête se lèvera, et qu'elle emportera tout. Tu sais pourquoi ? Parce que tout le monde est ivre dans cette ville.

— Bois ça, dit Sam, me tendant un verre rempli à ras bord, ça va te calmer.

— Et oublie-le, ton ami, me prie Arman, qui veut se lever pour aller pisser dans un coin, mais qui chancelle et tombe. C'est la vie, et dans la vie, on meurt parfois.

— L'important, c'est autre chose, philosophe Sam qui se sert encore et ressert Arman. C'est seulement maintenant que je sais que l'important, autrement dit la question la plus essentielle, c'est de savoir si Dieu existe ou pas.

— Il n'existe pas, tranche Arman, je te l'ai dit mille fois. C'est justement pour cette raison que nous sommes responsables de nos actes, nous et nous seuls.

— Ou, autrement dit, pourquoi il n'existe pas ? J'aurais tout donné pour que ce soit le cas, qu'il existe. Et c'est pourquoi si on me demande ce que je suis, je dirai que je suis *malheureusement* athée, c'est-à-dire un athée *malheureux*.

— Tu dis ça parce que tu aurais aimé le bombarder de tes questions.

— Je lui aurais pas posé de questions, rétorque Sam, je suis trop en colère pour ça. En revanche, si j'avais eu sous la main la brute qui a tué notre ami, je l'aurais pendue sans une seconde d'hésitation.

Et, ce disant, il boit cul sec son verre, le jette, tape du poing sur la rosace centrale du plateau, qui craque, et s'allonge.

— Tout le monde, a répété le chauffeur, ajustant ses lunettes et passant devant le petit parc minable dont, cet après-midi, après mon petit-déjeuner épicé, le bungalow royal m'avait servi d'exutoire. J'en ai vu trois qui sortaient de cette poubelle hier soir, à la même heure. Qui plus est, ils marchaient pas, ils zigzaguaient. Je vais en enfer si je mens.

— Et pourquoi tu ne les as pas dénoncés ? ai-je dit, malgré moi.

— À qui ? m'a-t-il demandé dans son rétroviseur. Aux flics ? Mais ils sont soûls eux aussi. C'est ce que j'arrête pas de te dire, jeune homme. Et, là, regarde-moi ce fils d'âne, il me voit venir et il traverse quand même, tu vas encore me dire qu'il n'est pas bourré ?

Moi non plus, je n'avais rien voulu voir. Tant d'indices et je m'étais tout de même jeté dans la gueule du loup : ma rencontre avec l'ancien fermier, mon pressentiment au moment de quitter le palais ce midi, ou encore l'avertissement que, peu de temps auparavant, m'avait donné le boulanger du quartier. Cette ordure d'Abdol, m'étais-je dit et, de peur de le revoir, je m'étais naïvement hâté vers ma chambre où mon coloc m'attendait impatiemment. Un petit hasard et soudain, le carabin savait tout sur moi.

Quelques minutes plus tard, à peine mon coloc avait-il quitté la chambre après m'avoir annoncé sa *bonne* nouvelle pour rejoindre la mosquée, que j'avais ouvert l'armoire, sorti ma valise, pris mon sac, gagné la porte, traversé le couloir, dévalé l'escalier, et avais disparu dans la nuit.

— T'es sûr ? m'a demandé le chauffeur, ajustant encore une fois ses grosses lunettes. Mais là, on est au milieu de nulle part, jeune homme. Pas de maisons, pas de magasins, rien. Je peux te déposer un peu plus loin, hein, ça mange pas de pain.

J'ai dit non et, de peur que le type n'apprenne où j'allais, je suis descendu à une dizaine de minutes de ma destination, ai payé, ai pris mes affaires, l'ai entendu de nouveau m'avertir de la tempête à venir, planque-toi si tu veux pas qu'elle t'emporte, ai attendu qu'il s'éloigne, me suis mis en route, ai marché, marché, marché avant d'acheter à un vendeur une boîte d'allumettes et un paquet de cigarettes. Et, trimballant mon sac et ma valise, je me suis approché du monstre qu'était devenu le palais à la nuit tombée, me suis arrêté, ai sorti la lampe torche, non, faut pas qu'ils la voient, la valise, l'ai remise, la lampe, dans le sac, ai sorti l'allumette pour griller une cigarette, puis j'ai regardé alentour, voilà la voiture, ai fait quelques pas, l'ai touchée, ma dernière compagne, ai attendu encore un peu, regardé de nouveau à gauche et à droite, me suis tourné vers le bâtiment enténébré et, allez, bouge !, j'ai monté la première marche, la deuxième, la troisième, la énième, fait une pause, et encore une allumette, et une marche, et la même allumette, et une autre marche, et la même allumette, qui s'est éteinte, et une pause, et de nouveau une marche et une nouvelle allumette, et une pause, pendant laquelle j'ai soulevé la valise, l'ai posée à grand-peine dans un coin, à l'entrée d'une pièce sans porte, l'ai poussée un peu, de façon qu'elle soit moins visible, ai laissé échapper un soupir et essayé de reprendre mon souffle, calme-toi, ne serait-ce que quelques heures, ne pense plus à demain et à ses démons, et continue à grimper.

Mon ami le chien avait sursauté.

— J'ai toujours faim, m'avait-il dit ce midi, au moment où, le sac à l'épaule, je sortais du palais. Il s'était accroupi dans un coin, sur le palier.

— Je n'ai plus rien à te donner, mon vieux, lui avais-je répondu et, un tantinet triste, je m'étais mis en route vers le centre-ville, laissant les voyous dormir jusqu'à l'éternité.

J'avais faim, et je voulais absolument faire une bonne boustifaille en me rendant au premier endroit qui m'ouvrirait sa porte. Une petite maison de thé, et j'avais passé commande. L'homme, qui semblait être à la fois cuisinier et serveur, avait fait dorer les oignons et les tomates et cassé trois œufs pour les verser dans sa grosse poêle plate. Il y avait ajouté de l'ail, du poivre, du sel, et je ne sais quoi d'autre. Et, le temps que le repas se prépare, il s'était dirigé vers son samovar d'étain pour remplir la petite théière qu'il avait ensuite posée devant moi. Du sucre ? Non, avais-je répondu, amèrement. Il s'était tourné sans piper mot vers sa poêle pour s'occuper de son omelette à la kabouliote.

Il faisait chaud à l'intérieur ; j'avais eu envie de vomir, d'enlever mes vêtements et de m'allonger sur un lit, ou bien de sortir et de me mettre tout simplement à courir. Mais où est-ce que je pouvais aller ? Pas chez moi, de toute façon, pas maintenant. Notre débat de la veille m'avait tellement démoralisé que je n'avais plus aucune envie de rester seul dans une chambre et de penser à quoi que ce soit. Je voulais simplement manger, aller au hammam, me changer, moi qui avais comme d'habitude ma brosse à dents et mes vêtements propres dans mon sac, me rendre à une bijouterie pour vendre un anneau vu que je manquais de pognon (mon joaillier, ce salaud, lui qui me léchait les bottes quelques mois auparavant, et à qui j'avais dit, pour ne pas éveiller ses soupçons, que je vendais la dot de ma pauvre mère, m'avait demandé l'autre jour si feu mon père avait épousé une femme ou bien une poule aux œufs d'or – ta fille, espèce de connard, aurais-je aimé lui répondre, mais j'avais contenu ma colère, pris l'argent et étais sorti de sa boutique), retrouver ma *djanetchka*, faire une longue promenade à travers la vieille ville et, une fois mort d'épuisement, rentrer.

C'est quand l'idée de revoir la fille au corps à l'odeur de la terre après la pluie m'était venue à l'esprit que je m'étais senti mieux. À peine quelques instants auparavant, je regrettais d'avoir passé commande, et voilà que, sous le regard consterné du cuisinier assis sur son tabouret une cigarette non allumée entre l'index et le pouce, j'avais vidé mon assiette en moins de temps qu'il ne faut pour le dire.

— On dirait que t'as rien mangé depuis un bon mois, avait-il ricané lorsque, quelques minutes plus tard, j'avais fini la deuxième assiette.

— Je fais partie des gens de la caverne, lui avais-je répondu, m'essuyant les mains, je me suis caché et endormi dans une grotte avec mes compagnons il y a trois siècles. Je viens de me réveiller.

— J'espère au moins que tu n'es pas leur chien, avait-il rétorqué, sans doute parce que ma plaisanterie blasphématoire ne lui avait pas plu.

Il avait ramassé mon assiette sans me demander cette fois-ci si j'en voulais encore une, d'omelette. Je n'en voulais plus de toute façon. Et c'est pourquoi je m'étais levé pour lui donner ce que je lui devais et partir. Quelque chose d'innommable m'avait cependant immobilisé à ce moment précis : l'envie folle d'aller au petit coin.

L'homme avait plissé le front :

— Et comment je peux t'aider ?

— Je me demandais si ton restaurant avait des toilettes.

Le mot *restaurant* que je venais d'employer l'avait amadoué un peu : c'était quand même une pauvre maison de thé, une échoppe misérable. Il avait posé l'assiette sur une table bancale, m'avait accompagné jusqu'à la porte, et avait fait un geste du menton vers un monticule d'ordures de l'autre côté de la rue.

— Là, c'est un monticule, mais j'ai peur que pareille ventrée le transforme en montagne. M'enfin, la ville tout entière est à ta disposition. Pose ta mine où tu veux.

Je m'étais planté là pendant quelques minutes, pensant à ce qu'Arman m'avait dit à propos de l'homme et de ses odeurs. Regarde ces gens : ils se veulent les plus formidables créatures de la planète, les plus pures et les plus raffinées ; ils ont inventé le savon, le shampoing, le dentifrice, le parfum ou je ne sais quoi d'autre pour sentir bon ; mais ils puent quand même puisque l'enfer est sous leur peau. La plus belle femme du monde est avant tout des latrines mobiles. Suis-la si tu veux dans les chiottes, et reste à ses côtés pendant qu'elle vide son beau ventre que tu léchais tout à l'heure.

— Là, tu es vraiment cynique, avais-je protesté. L'homme a quand même inventé le beau et le vrai.

— La seule vraie chose qu'il ait inventée est le mensonge, le déguisement.

Je m'étais tu, plongé dans mes pensées, et lui, qui m'apprenait à conduire sur une route qui menait à une ville dont l'une des routes menait au Pakistan, s'était soudain emparé du volant pour éviter une catastrophe, à savoir la mort éventuelle d'un chien allongé au beau milieu de la rue.

— Freine !

Et, pompette, il était descendu pour aller voir si l'animal avait quelque chose.

— Il avait sûrement faim quand on l'a tué, dis-je, versant subrepticement l'alcool que j'ai dans mon verre sur le sol assoiffé de la salle, qui l'aspire d'une traite. Le jour où tu vas pendre celui qui a fait ça, veille à ce qu'il ait mangé un bout de pain et bu une gorgée d'eau.

— Moi, je le laisserai mourir de faim, dit Arman, qui tente encore une fois de se lever mais qui retombe. Ou plutôt de soif.

— Je lui donnerai et à manger et à boire, hoquette Sam. Puis je le pendrai.

— Si c'est comme ça, je lui donnerai à boire, moi aussi, mais pas de l'eau.

— Quoi alors ?

— À ton avis ?

— Je sais ce que tu as en tête, mais je le trouve immoral.

— Ce qui est immoral, c'est l'existence de telles personnes.

Et, sur ce, ils se servent et me servent et boivent et m'incitent à boire rasade sur rasade pour les rattraper, eux, et pour me rattraper, moi, qui suis toujours en retard, comme aujourd'hui d'ailleurs, disant qu'ils m'ont attendu depuis très tôt le matin sans connaître la cause de ma disparition, et cela alors que, dans une autre pièce, les brutes avaient pendu un pauvre chien, et si c'était moi qu'ils avaient pendu et pas l'animal, hein ?, et si c'était encore moi qu'ils avaient perdu et pas un clébard fier mais famélique, hein ?, et si, oui, si ?, mais moi, je ne vous ai pas dit que je revenais, je suis sorti à midi pendant que vous dormiez, et je n'ai pas disparu, je suis juste allé, tu es juste allé arroser ta rosière qui n'en est d'ailleurs plus une !, qui n'est plus qu'une passoire, n'est-ce pas ?, mais si !, mais non !, et puis silence, et de nouveau ce dernier verre que je verse doucement sur le sol devenu complètement ivre.

Les cellules du corps réveillées par une longue douche, je m'étais enfin trouvé derrière la petite porte lapis-lazuli, dans sa chambre, en elle. La *djanetchka* ne m'en voulait pas d'avoir refusé de la garder seulement pour moi. Debout devant la fenêtre qui donnait sur la cour, alors que je fumais et contemplais le cognassier maintenant chargé de mille et un fruits jaune doré, je lui avais très sincèrement expliqué que, ayant des bouches à nourrir, une mère valétudinaire et des petites sœurs, je ne disposais pas d'assez d'argent pour remplacer tous les hommes avec qui la maquerelle voulait qu'elle couche. C'est la souteneuse qui décide pour toi, n'est-ce pas ? Sinon, on se fout du fric quand on a envie de quelqu'un. T'en fais pas, l'important c'est qu'on continue de se voir, m'avait-elle dit, me demandant de me rallonger à côté d'elle, sur le matelas qui sentait à la fois la sueur, l'humidité et le sperme, et elle m'avait donné un baiser sur la bouche qui avait cette fois-ci un goût de sang (et que je te mange la bite, avait-elle ajouté, la voyoute).

Triste de l'avoir quittée, j'avais entamé mon interminable flânerie à travers la vieille ville et ses temps, et j'avais chuchoté, crié, écouté, parlé, pleuré, chanté, rigolé, hurlé, insulté, m'étais fait insulter comme un fou. Le ciel commençait à s'assombrir quand j'étais descendu du taxi collectif, ne me doutant de rien, ne pensant qu'à mes querelles intérieures, aux bruits que j'avais étouffés en moi, à ceux des autres. Un muezzin faisait l'appel à la prière, suivi de mille autres. Le sac à l'épaule, j'avais continué à marcher sans leur prêter attention. Une caravane militaire qui passait, une grappe de ballons qui s'échappait des mains d'un gamin, un homme à vélo qui fonçait dans un fossé. Les échoppes fermaient, une et encore une ; les voitures klaxonnaient et les générateurs se mettaient à vrombir. Le gros chien méfiant de quelques mois auparavant m'attendait au débouché d'une rue ; je l'avais salué, et le chien m'avait dit qu'il avait faim. Je n'ai rien à te donner, chef, à part ce billet froissé. Et si tu m'achetais un *naan*, m'avait-il supplié, tournant la tête vers la boulangerie. J'avais hésité un instant. Depuis ce jour où Abdol m'avait surpris à cet endroit, je n'avais plus envie de m'approcher de la boutique. Mais bon, c'était un ami, l'animal. Te voilà, s'était écrié le boulanger à ma vue, quelqu'un te cherchait. Cette ordure d'Abdol, m'étais-je dit et, sans lui répondre ou le laisser parler d'un nouveau locataire ou de mes camarades qu'il connaissait à présent, j'avais donné le pain au chien et, la tête baissée, m'étais éloigné à pas précipités. Arrivé à l'entrée du bâtiment, j'avais plongé dans le noir et monté les marches quatre à quatre, terrifiant les rats et les souris. Puis, le couloir et la porte. J'avais sorti les clés et ouvert.

— Enfin !

C'était le carabin qui m'accueillait si chaleureusement. Il avait les manches retroussées et le visage mouillé, qu'il essuyait avec une serviette crasseuse.

— Qu'est-ce qu'il y a ?

— Tu as beaucoup tardé.

À en juger par sa joie inhabituelle, il s'était sûrement passé quelque chose en mon absence. Mais je n'avais aucune envie de le savoir. J'avais posé mon sac et attendu sur mon lit qu'il sorte pour mettre l'argent de l'anneau vendu cet après-midi dans ma valise, après quoi je voulais m'allonger et oublier tout.

— Voyons, pourquoi tu me l'avais pas dit ?

Sa voix était un clou qui s'enfonçait dans ma tête.

— De quoi tu parles ?

— Que ton père était un mollah.

Soudain, le sol s'était dérobé sous mes pieds. J'avais sauté hors du lit et, les yeux grands ouverts, m'étais approché de lui.

— Qu'est-ce que t'as dit ?

Il avait reculé d'un pas.

— Mais qu'est-ce que j'ai fait, moi ? Il était là y a dix minutes, il te cherchait. Je lui ai dit que tu rentrais le soir.

— C'est qui *il* ?

— Ton père.

— Je n'ai pas de père.

Il avait jeté la serviette.

— Il te connaissait pourtant bien. Même ton nom, le vrai, celui que tu m'avais dit au tout début, pas le nouveau. Et, oui, il a vu ta photo et crié c'est lui, c'est lui.

Celle que le vieil artiste ambulant avait prise et que j'avais accrochée au mur, au-dessus de mon lit.

— Il est où, là ?

— À la mosquée, m'avait-il répondu tout en déroulant ses manches, mais il va revenir après la prière. Il faut que j'y aille, moi aussi. Je viens de faire mes ablutions.

Et il s'était dirigé vers la porte avant de s'arrêter et de me regarder avec l'ombre d'un sourire.

— Entre nous, il m'a dit que si je te voyais avant, je devais pas te dire qu'il était là.

J'étais resté cloué au sol après que le carabin était parti, me demandant si ce n'était pas un sale tour qu'on voulait me jouer. Comment avait-il pu me trouver, le mollah ? Les montagnes ne se rencontrent pas, avais-je entendu dire Abdol, les hommes si. Un présage sinistre. Que faisais-je là, dans ce quartier de sots et d'espions ? Pourquoi n'avais-je pas changé de logement plus tôt ? Tellement d'indices et l'aveugle que j'étais ne l'avait pas vu arriver jusqu'au dernier moment. J'avais senti le maudit tic à mon œil, mes mains s'étaient mises à trembler, ma gorge s'était serrée. Je m'étais pourtant dit non, tu n'as pas le droit d'avoir peur, encore une demi-heure et le tueur à la hache sera là, bouge. J'avais ouvert la porte gauche de l'armoire et sorti ma valise, l'avais refermée, avais glissé la clé dans ma poche, pris mon sac – mais pas *Huckleberry Finn*, que je voulais lire ce soir, lui dont le père était de retour. Le lit, l'oreiller et les couvertures, je les avais laissés comme ils étaient, et, regardant la rue pour la dernière fois depuis la fenêtre, j'avais gagné la porte, traversé le couloir, dévalé l'escalier, déployé mes ailes et m'étais envolé vers le palais.

ÉPILOGUE

Cette brise, il la reconnaît.

Le vent doux de ce matin lointain où, étendu sur des petits morceaux de charbon, il repoussa la bâche sous laquelle il s'était caché tandis que le vieux camion de l'Ingénieur gravissait la petite colline et que le village disparaissait petit à petit. C'est le même air qu'il hume à présent. Debout devant la grande embrasure sans fenêtre, il attend, lui semble-t-il, depuis une éternité, non pas les bruits de pas des passants, les premiers coups de klaxon ou la voix d'un muezzin, mais la lumière zodiacale ; et cela à la fois parce que, la nuit, il a peur d'écraser un animal errant ou endormi, et parce qu'il ne veut pas éveiller les soupçons des soldats en conduisant, seul, à cette heure tardive.

Derrière lui, ses deux compères, allongés sur leurs lits défoncés, l'un à côté de l'autre, tête-bêche, ronflant et somniloquant, et la lampe-tempête, éteinte, et les bougies, éteintes elles aussi, et le billard indien, compagnon de longue date, fissuré en son milieu grâce à ce coup de poing que lui a donné Sam le pacifiste, et les verres, les bouteilles, les pions, les feuilles graisseuses d'un journal, les paquets de cigarettes, vides, et la montagne de mégots, et les rires et les pleurs, suspendus dans l'air, et le temps, à l'arrêt, et le corps sans vie d'un camarade, pendu à une poutre, que seul Arman a vu, lui seul, lui et sa moitié ivre.

Il inspire de nouveau et se souvient de cette nuit préhistorique où, attendant l'apparition de la lumière zodiacale, il se blottissait sous les couvertures, tremblait de peur, craignait le retour du mollah, sentait le tic à son œil, entendait un chien aboyer derrière la porte. Encore quelques heures et il avait été enfin dans la rue, le sac à l'épaule, et deux chiens inquiets sur ses pas. Où allait-il ? À Kaboul, dans le vrai monde. Et qui aurait pu croire qu'un bon matin il quitterait Kaboul aussi – pour aller où, l'avenir le lui dira, une autre ville, un autre pays, ou encore un autre continent –, et qui plus est, de la même façon, seul, soucieux, en catimini ? Les voyous lui pardonneront-ils sa disparition brutale, son départ sans retour ? Ou encore la manière dont il les abandonne ? Ils s'étaient endormis une heure ou deux après son retour au palais mais, il en est sûr, ils ne se réveilleraient pas avant midi, comme la veille, et pendant que les ronflements de Sam font de nouveau ébranler les piliers et qu'Arman reprend ses litanies inintelligibles, lui se souvient de son arrivée à Kaboul dans le coffre grand ouvert de la Volga déglinguée de ce salaud de chauffeur, de son premier repas, du taxi collectif et de la grosse tête chevelue du passager devant lui et du gros *pakol* du garçon à sa droite, du lit asséché d'une rivière devenue montagne, de la façade noircie du bâtiment à deux étages où avait habité l'Ingénieur, et de cette souris sur l'escalier qui, à sa vue, s'était glissée dans son trou, du hadji et de son apprenti, lequel lui ressemblait de manière frappante, de son coloc, petit et maigre, et de sa barbe, longue et touffue, et de son livre, volumineux, du brocanteur et de son labyrinthe, de la foule d'ouvriers aux yeux froids et aux visages ridés, de la Ruelle d'Oiseaux et de ses serins tristes, des voitures nerveuses, bruyantes, et des vendeurs de rue, des charretiers, des colporteurs, des chats et des chiens, des ânes et des chevaux, des carcasses de moutons suspendues à l'entrée d'une boucherie, des magasin de musique et de films, de l'écrivain public assoupi sur son tabouret, du deuxième étage d'un restaurant devenu cinéma (d'où, d'ailleurs, ils étaient sortis, Sam, Arman et lui, quelques mois auparavant, en colère tous les trois car on leur avait montré non pas un film comme ils s'y attendaient, mais un match de catch entre un certain Earthquake et un certain Typhoon), du vieux photographe et de son énorme boîte en bois, du sexagénaire vêtu d'un pantalon évasé et chaussé de souliers à talons hauts, qui se regardait dans la vitrine d'un salon de coiffure, du petit serveur de son resto-bar imaginaire et de sa sainte putain, et de sa mort, brutale, et des bouquinistes, du vieillard moustachu debout dans l'embrasure d'une fenêtre, et de la dame et de son chien, des chars, de l'ancien tankiste unijambiste, du pont, du vendeur de grenades, de la baraque, des voyous, de Kâka Sarmast et de ses bouteilles d'huile d'olive, des femmes qu'il avait connues, de sa *djanetchka*.

Au loin, la lueur triangulaire : la lune jaune, dont parlait le chauffeur de taxi, a disparu depuis longtemps et, avec elle, la tempête qui allait emporter la ville. Il s'éloigne, sur la pointe des pieds, de l'embrasure, et s'arrête au milieu de la salle, non loin du corps bruyant de cet homme qui, quelques heures auparavant, aurait aimé pendre le tueur s'il l'avait eu sous la main, et puis de celui de l'autre qui, fou de rage, aurait appliqué un châtiment encore plus sévère, plus humiliant – lui qui, malgré de nombreux essais, n'avait réussi à se mettre debout, faire quelques pas, baisser la braguette de son pantalon et vider sa vessie qu'à la toute dernière minute, juste avant de s'endormir. Deux âmes qu'il ne verrait peut-être plus jamais. Rires et pleurs, vérités et mensonges, trouble et apaisement, haine et amour. Deux âmes, deux amis. Soudain, il ressent l'envie de se mettre de nouveau à genoux, comme hier soir lorsqu'on lui a annoncé la nouvelle de la mort du chien. Pourquoi s'était-il prosterné ? Il avait pleuré non seulement l'animal mais aussi la femme tuée à la hache, Zaki, le jeune voleur venu du village voisin que les soldats avaient pendu à un arbre sec, ses vies.

Celle-ci ou celle-là ? se demande-t-il tandis qu'il s'agenouille et, doucement, tend la main vers la poche droite du pantalon d'Arman. Celle-ci, entend-il dire le somniloque, celle-là est une fenêtre. D'abord le majeur, puis l'index, et les clés ouvrent les yeux, se lèvent calmement, quittent le lit, sortent de chez elles sans faire le moindre bruit. Il se redresse, prend une lampe torche sans pour autant l'allumer, avance, toujours sur la pointe des pieds, quitte la salle, allume la lampe, traverse le palier, descend, descend, descend encore, s'arrête, tend la main pour tirer la valise, la pose à grand-peine sur la marche, s'assoit, l'ouvre, sort d'une pochette en plastique un petit anneau, le pèse, fait la lippe, le remet, se redresse, réfléchit, le visage enfoui dans ses mains, et, soudain, se penche de nouveau pour sortir cette fois-ci du gousset dérobé d'un pantalon, enseveli sous un tas de vêtements, une rareté. Il referme la valise, la laisse où elle est, remonte les escaliers, éteint la lampe torche, regagne la salle, avance, toujours doucement, s'immobilise, d'abord près d'Arman, se penche, hésite, se ravise, avance encore, s'accroupit, glisse le chapelet Chah Maqsoud aux grains vert brillant que le mollah avait hérité de son arrière-arrière-grand-père dans la poche de Sam, ainsi que ces pattes de mouche laissées sur un morceau déchiré d'un paquet de cigarettes :

Promesse tenue : vous ai rendu ce qui vous appartenait. Dois partir. N'allez surtout pas me chercher chez moi : en ai plus. Les montagnes ne se rencontrent pas, les hommes si.

Il met la valise dans le coffre, le ferme, se dirige vers la porte, s'arrête. Et les clés, celle de l'armoire et celle de sa chambre ? Je te les confie, dit-il à l'horizon grisâtre, et, le bras tiré au maximum vers l'arrière, il les lance le plus loin possible. Adieu le passé, adieu le présent. Et, se rappelant de nouveau cette lointaine aube qui se répète, il monte dans le véhicule et, s'il fait encore la gueule, ce fils de pute ? Question qu'il s'est posée mille fois, et à laquelle il a trouvé mille réponses, toutes incertaines. Mais alors qu'il n'a plus envie ni le temps de penser à quoi que ce soit, il se dit : quand bien même il faudrait que je me coupe en deux, qu'une moitié pousse la voiture tandis que l'autre prend le volant, je la mettrais en marche, cette benne à ordures. Et, animé d'une énergie soudaine, il insère la clé dans la serrure et la tourne. Elle hoquette, la Volkswagen, toussote, se racle bruyamment la gorge, et démarre. Lui sourit, débraie, passe la première vitesse, accélère doucement, bloque la pédale d'embrayage, la relâche pianissimo. Un dernier regard dans le rétroviseur et, brusquement, il freine. Une ombre qui lui court après, petite, maigrelette. Est-ce le chien ? Sans aucun doute. Rien qu'une hallucination, donc, celle d'un ivrogne, ce dont il avait commencé à se douter quand, debout devant l'embrasure, la scène lui avait encore une fois traversé l'esprit. Il sourit de nouveau et, pendant qu'il repasse la première vitesse et accélère, il s'aperçoit qu'il n'a rien mangé depuis hier midi.

— J'ai faim, moi aussi, dit-il.

GLOSSAIRE

Bartcha : baïonnette.

Binâmous : mot formé du préfixe *bi-*, “sans”, et de *nâmous*, “loi” ou “honneur”, issu du grec ancien *nomos*. Il désigne une personne sans loi ou sans principes. Selon le contexte, ce mot peut être perçu comme très insultant ou neutre.

Boulâni : plat traditionnel très populaire en Afghanistan, le *boulâni* est un pain plat farci de pommes de terre, de poireaux ou de viande hachée. Il est souvent frit.

Cheitan-tcherâgh : ce terme signifie littéralement “lanterne du diable”. Il désigne une lanterne simple et primitive.

Djân et *djégar* : en persan, le mot *djân* signifie à la fois “âme”, “vie” ou “corps”. On l’ajoute à la fin des prénoms pour exprimer de l’affection. *Djégar*, qui signifie littéralement “foie”, est couramment utilisé pour désigner une personne chère.

Djanetchka : mot composé de *djan* (voir *djân*) et du suffixe russe *-etchka*. Littéralement, “ma petite âme” ou “ma petite vie”. Petchorine emploie ce mot pour s’adresser à Bèla dans *Un héros de notre temps* de Lermontov.

Ghoul : créature gigantesque ; par extension, personne de très grande taille et inculte.

IRC : l’International Rescue Committee vient en aide aux populations touchées par la guerre et les crises humanitaires. Son action s'étend de la survie à la reconstruction, notamment par l'accès à l'éducation.

Jeetendra : acteur bollywoodien très connu en Afghanistan. Grâce à ses rôles dans les films des années 1970 et 1980, son nom est devenu synonyme de gigolo, dandy, ou simplement de personne sans profondeur.

Khâda : perche ; par extension, personne de très grande taille, paresseuse ou idiote.

Kharkos khan : *Kharkos*, formé de *khar*, signifiant à la fois "âne" et "grand", et de *kos*, qui veut dire "vagin", est une insulte généralement adressée par les hommes à d'autres hommes. *Khan* est un titre qui signifie "chef". L'ajout de *khan* au terme *kharkos* rend l'insulte plus légère. Elle est souvent utilisée entre amis.

La'ine : mot très courant qui signifie "damné".

Landahour : homme de très grande taille, paresseux et idiot.

Meswak : bâtonnet qui fait office de brosse à dents.

Naswar : poudre humide de couleur verte, composée de tabac, de chaux éteinte et de cendres végétales. Elle est placée sous la langue.

Pîr : terme principalement mystique qui signifie "maître".

Sâqi khâna : mot composé de *sâqi*, "celui qui sert du vin", et de *khâna*, "maison". En persan d'Afghanistan, ce terme a souvent une connotation péjorative et désigne un lieu de débauche.

Tcharpaï : lit traditionnel, souvent avec un cadre en bois, dont le sommier est formé de cordes tressées. Il est principalement utilisé pour s'asseoir, en particulier sur les terrasses ou dans les cours.

Watandâr : en persan d'Afghanistan, ce mot veut dire "compatriote".

Yak tchachma : personne qui n'a qu'un œil.

Que soient remerciées toutes ces bonnes âmes qui, chacune à sa manière, ont contribué à l'achèvement de ce livre :

Marylène Cudeville
Sophie Duc
Sorour Kasmaï
Sahra Mani
Claudine Marchand
Wasi Mohsin
Bertrand Py
Keyvan Saber
Ahmadreza Tavasoli
et, bien sûr,
Marie Vrinat-Nikolov

OUVRAGE RÉALISÉ
PAR L'ATELIER SOFT OFFICE
ACHEVÉ D'IMPRIMER
SUR ROTO-PAGE
EN MAI 2025
PAR L'IMPRIMERIE FLOCH
À MAYENNE
POUR LE COMPTE DES ÉDITIONS
ACTES SUD
LE MÉJAN
PLACE NINA-BERBEROVA
13200 ARLES
contact@actes-sud.fr

DÉPÔT LÉGAL
1re ÉDITION : AOÛT 2025
N° impr. : 107160
(Imprimé en France)